兄と妹の距離

ケイ・ソープ 作

上村悦子 訳

ハーレクイン・ロマンス

東京・ロンドン・トロント・パリ・ニューヨーク・アテネ・アムステルダム
ハンブルク・ストックホルム・ミラノ・シドニー・マドリッド・ワルシャワ
ブダペスト・リオデジャネイロ・ルクセンブルク・フリブール・ムンバイ

THE DIVIDING LINE

by Kay Thorpe

Published by Harlequin K.K., Tokyo, 2014

ケイ・ソープ

1935年にイングランド中部のシェフィールドで生まれる。学校を卒業後、さまざまな職業を経験したのち、初めて完成させた作品が認められて1968年にデビュー、ミルズ&ブーン社のロマンス黎明期を支えた。これまでに著作は70作以上を数え、今も根強いファンを持つ代表作家の一人。

主要登場人物

ケリー・レンダル……個人秘書。
アンドリュー・シンクレア……ケリーの義父。デパートの会長。故人。
ジョンとジェイムズ・バラット……アンドリューの従弟たち。デパートの株主。
ロス・シンクレア……アンドリューの息子。デパートの次期会長。
アーサー・フィールディング……デパートの総務部長。
アーノルド・グレッグソン……デパートの総支配人。
マーゴット・キルケリー……ロスの友人。
シャロン・ウェスト……ロスの旧友。
ケイト・アンソニー……秘書。
ミセス・ペイン……シンクレア家の家政婦。
ラリー・ホール……アマチュア劇団の演出家。

1

「お義父《とう》さんはすばらしい方でした、ミス・レンダル」牧師は厳かに言い、哀悼の意を表して片手を差しだした。「私たちはみな寂しくなります」

でも私ほどではない、と思いながら、ケリーは小さな礼拝堂から九月下旬の日差しの中に歩みでた。けれど悲嘆に暮れるつもりはなかった。義父のアンドリュー・シンクレアは望みどおりの死を迎えた。長く患うこともなく、あっさりと。六十九歳で天寿をまっとうしたとは言えないまでも、人生を思うままに楽しんで生きたことが、せめてもの慰めだった。

アンドリューの息子、ロス・シンクレアは後方にいた。彼は葬列の到着を、礼拝堂の前で待っていた。でも、まず家に来るのが普通だろう。どんなに不仲でも、親の死は家族の不和など帳消しにするはずだ。

六年ぶりでも、ケリーはすぐに彼だとわかった。以前と同じくきちんとなでつけた黒髪に、父親似の面ざし。父も息子も、顔には意志の強さが表れていた。顎の線はいかめしく、口元の表情は気まぐれな笑いから頑固な非情さへと一瞬で変わる。どちらかが妥協すれば、断絶など起こらなかったはずだ。アンドリューは息子に会いたがっていたが、それを認めようとはしなかった。その頑固さが死後も引き継がれていないことを祈るばかりだった。でも法律では、息子から相続権を奪うことが認められていないのは、アンドリューも承知していただろう。

そう、ロスは安泰だ。彼が家と祖国を離れる原因となった事業は今や彼の手中にある。アメリカでの六年間でロスの考えが変わるはずはない。ハードセルと呼ばれる強引な売りこみはアメリカで生まれたものだ。きっとロスはすぐにもシンクレア百貨店の再編に乗りだし、百年もの歴史を簡単に捨てて、どこにでもある面白みのない店に変えてしまうだろう。

　シンクレア百貨店は十九世紀後半にアンドリューの祖父ヘンリーが始めた小さな生地店から始まり、今では二十七の売り場と大勢の店員をかかえる五階建てのデパートに成長した。シンクレアはメドフィールドでは最高級の店であり、唯一のデパートでもある。特定の商品を売り物にしている大店舗はいろいろあるけれど、針と糸から高価な三つぞろいのスーツまでありとあらゆる品を、ほんの数メートル歩いただけで買えるのは、シンクレアだけだ。

　前世紀に大改装してから、内装は多少古めかしくなってきているが、手入れはゆきとどき、上品な雰囲気と昔ながらのサービスが売り物になっている。従業員は常に節度と礼儀を重んじ、どんなときでも顧客に注意を怠らない。ヘンリーが定めたその金言は、息子から孫へと受けつがれてきた。ただ、ロスはそんな古いしきたりへの固執に疑問を抱いている。彼は二十五歳のとき、きっぱり宣言した。今はもう、顧客最優先の対応ができるほどのんびりした時代ではない、収益率を上げ、関連部門を統合して売り場面積の効率化をはかることで利益を増やす時代だと。そのとき父子の間で交わされた非情な言葉の数々を、ケリーは今でも覚えている。そして結局ロスが身を引き、自分の道を切り開くためにアメリカに渡った。あのとき、ケリーは家族に背を向けた彼を憎んだ。とはいえ、もともとロスに深い愛着を抱いていたわけではなく、彼に好かれていたわけでもなかった。ふたりが親しくなれるような状況ではなかったのだ。

　母がアンドリューと再婚したとき、ケリーは十四歳だった。実父の記憶はほとんどなかったので、新しい父ができることに異存はなかった。母より二十歳年上のアンドリューはとても優しく、寛大に見えたし、以後十年近くその見方は変わっていない。ただ唯一ロスだけは違った。二十二歳の彼は優しい兄のイメージとはほど遠かった。傲慢で独断に走る、鼻持ちならない人。それが初対面での印象だった。ロスは父の再婚に反対はしなかったが、それほど年の離れた父と再婚した義母に、裏の動機があると思っているのは明らかだった。

三十一歳になったロスが丸くなったかどうかはわからない。ロスのような人は年齢とともにむしろ気むずかしくなることが多い。葬儀の前に連絡さえしてこなかった事実がそれを裏づけている。数分前まで、ケリーは彼が現れないのではないかと思っていた。実際、四年前に母を乗馬の事故で亡くしたとき、ロスは姿を見せなかった。ただ形式的な悔やみの手紙をよこしただけだ。そもそも母の死は、彼には何の意味もなかったのだろう。でも今回は違う。

人々がケリーに近づいてきて声をかけようとするが、うまく言葉が見つからず、そっと手に触れたりした。アンドリューのふたりの従弟《いとこ》は車の横で待っていた。彼らはシンクレア百貨店の株をわずかに持ち、ロスをのぞけば唯一の親族だった。黒いスーツに中折れ帽のその姿は、よく似ている。ふたりとも六十代で独身、あまり楽しい人たちではない。

葬儀のあとの軽い食事に、少数の参列者が家に来ることになっていた。家自体はもうロスのものなのだろう。少なくともそうでないと考える理由はない。もしアンドリューが息子を相続人からはずそうと考えていたとしたら、その動きが見えたはずだ。ケリーの知る限り、彼はロスが出ていったあとで遺言を書きかえはしなかったし、元の遺言では、不動産の大部分はロスが相続することになっていた。

いずれにせよ、明日、弁護士のミスター・ワトリングが遺言を読みあげれば、はっきりする。そんなことをするのは異例のことらしいけれど、なぜか弁護士は今回はそうするべきだと思っているようだ。

　誰かの手が腕に触れた。はっきりとした意志が感じられる触れ方だ。ケリーはさっと振りむいた。ロスは笑顔ではなかったが、特別悲しんでいるようにも見えなかった。薄いグレーの縞《しま》のスーツが広い肩にしっくりなじんでいる。身長はハイヒールをはいたケリーより五、六センチ高く、口元がちょうど彼女の目のあたりにくる。ケリーは顔を上げて灰色の目を見た。体の奥で、かすかにおののきが走った。

「家まで行くなら、僕も乗せてもらおう」ロスは言った。「駅からタクシーで来たんだ」

　その瞬間、ケリーには言いたいことがいくつもあったが、周りの人たちを意識してぐっとこらえ、二台のリムジンのうちの一台を手で示した。

「あの車よ。ほかの人たちはあとから来るわ」

　車に近づくふたりを、従弟たちが同じ表情で見つめていた。放蕩《ほうとう》息子の帰還をどう迎えていいかわからないらしい。ロスが〝お元気ですか？〟のひと言でそれを解決し、車のドアを開いてケリーを乗りこませると、従弟たちのありきたりな返答に、〝そうですか。ではあとで〟と応じて車に乗りこんだ。

　車が走りだすと、ケリーは革の座席にもたれた。ロスのほうに顔を向ける気にはなれなかった。

「ぎりぎり間に合ったわね。お葬式の時刻をどうして知っていたの？」

「今朝早くヒースローに着いて、ワトリングに電話した。すんでのところで列車に間に合ったよ」

「家に電話して、少なくともこの国にいることを私に知らせようとは思わなかったのね」

「思ったさ。でも早朝だったし、歓迎されるかどうかわからなかったから。六年は長いよ」

「そうね」ケリーは皮肉な思いを隠そうとはしなかった。「電報が届いていてよかった」

「昨日の午後着いた。昨夜と言うべきかな。実はここ数日、家をあけていたんだ」

「そうなの」ケリーは彼を見た。「知らなかった」

「知るはずもないだろう」

「そうね」ロスがどこにいたかは関係ない。式に遅れずに来てくれただけでもありがたかった。「疲れたでしょう。しかもこんなショックのあとだから」

「ああ、ショックだった。父は八十歳までは生きると思っていたから。うちは長生きの家系なんだ」

「心臓発作だったの。かなり重症だったらしいわ。ドクター・シモンズはもし自分がそばにいたとしても、何もできなかっただろうと言っていたわ」

「そうか。どこで発作を起こしたんだ？」

「ベッドよ」ケリーは感情を声に出すまいとした。「夕食後に胃もたれがして早めに寝たの。翌朝、私が見つけたわ。寝すごしたのかと思ったら……」

「君には愉快な体験ではなかったろうね。もちろん、実の父親だったらもっと大変だっただろう――」

「実の父親でなくても大した違いはないわ」ケリーは乱暴にさえぎった。「血は水よりも濃いなんて思ったことはないわ！」彼女は急に口をつぐみ、唇を噛《か》んだ。「ごめんなさい、無神経なことを言って」

ロスは肩をすくめた。「君が今言ったようなことを僕がほのめかしたのだとしたら、自業自得だ。もう忘れよう。ミセス・ペインはまだいるのか？」

「ええ。前みたいに頻繁には来ないけど。母が亡くなってから、あまり人を呼ぶこともなかったから」

しばらく沈黙が続き、ケリーは通りすぎていく町とその向こうの丘を車の窓からながめた。メドフィールドは産業の発達した町ではあるけれど、風景はヨークシャー一美しい。もっと南の穏やかな風景の中で育ったケリーは、起伏のある荒野や緑の谷が一目で気に入った。何があってもここを離れるつもりはなく、九年の歳月を経て、すっかりなじんでいた。

「その髪でなければ君だとわからなかった」いきな

り近くでロスが言った。「その銅色の髪は昔から独特だったけど、髪型は違っただろう」

彼がそこまで覚えていたのが驚きだった。「二年前に切ったの」ケリーはカールした毛先を、後ろに払った。「長すぎるとまとまらないから。お父さまは店員の身だしなみにこだわっていたでしょう」

灰色の目がかすかに細くなった。「君は店で働いていたのか？」

「ええ」ケリーはためらい、やや弁解口調でつけたした。「お父さまの個人秘書だったの」

「父は君を信頼していたんだな」

「いつも一緒だったわ」

「考え方も？」

「ええ、かなり」

「そうか」ロスは口をつぐんだ。「で、今後は？」

「それは状況によるわ」ケリーは慎重に答えた。ロスの口元が皮肉にゆがむのがわかった。

「もし僕が会社を継ぐなら、考えるということか」

ケリーはその質問をかわした。「相続に関して疑問の余地はあまりないと思うわ。あなたはシンクレア家の最後の後継者よ。お父さまは気持ちはどうあれ、家名を絶やすことは考えなかったはずよ」

「君は父をそんなによく知っているのか？」

「たぶん、あなたよりは」思わず辛辣な声が出た。「誰かとふたりきりで同じ家に四年も住めば、ある程度は親しくなるものよ」

「僕は父とふたりきりで同じ家に十二年住んだが、それで関係がよくなったとは言えない」

「似すぎているからよ。ふたりとも我が強いから」

ロスは短く笑った。「以前君に、うぬぼれ屋のいじめっこと呼ばれたのを覚えている」

「それが事実なら、あなたがそういう態度を取ったからよ。あるいは、私を完全に無視していたか」

「それはありえない。人をごきぶりみたいに見るお高くとまった小娘を、無視できるわけがない！」ロスの口元に笑みが浮かび、表情が和らいだ。「たぶん自業自得だな。でも十代の義理の妹を手なずけるなんて、当時の僕には不可能だった」

ケリーはじっと彼の顔を観察した。しかし、からかっている気配はない。「お高くとまっていたわけじゃないわ。気後れしていたのよ。あなたは大人で、ここに属していた。でも私にはすべてが初めてだった。アンダーウッドのような大邸宅も初めてなら、あんなお嬢さま学校も初めて。だから最初の数カ月はすべてにおじけづいていたの。でもそれを知られたくなかったから、お芝居をしたのよ。そんなにうまくいったなんて知らなかったわ」

「成功したよ」ロスの素直な笑みを見て、数日前から沈んでいたケリーの心がほぐれた。「僕にはずっとそのままだった。こんな状況にならなければ言いだせなかったなんて残念だな」

「そうね」ケリーは衝動的に言った。「もっと早く戻ればよかったのに。お父さまは歓迎したはずよ」

「僕が喜んで父の考え方を受けいれさえすればね。でもそんなふりはできなかった。だから近づかなかったんだ。でも手紙は書いていた」

「本当に？」ケリーは驚いた。「知らなかったわ」

「そんなに頻繁にじゃない。お互いにね。たぶん君の言うとおり、父と僕は似すぎていたから歩みよれなかったんだ。もし僕から和解を申しでていたら、妥協点を見つけられたかもしれない」

「でもあなたは向こうで自分の生活を築いていて、ただ時代遅れの生活に戻るためにそれを失う気にはなれなかったのね？」ケリーが思いきってそう言うと、彼は皮肉な表情でうなずいた。

「そんなところかな。僕は行きたいところに行き、学びたいことを学んでいたから」

「それで、これからは？」

ロスは肩をすくめた。「君と同様、状況しだいさ。今朝ワトリングに聞いた話では、父の遺言書には確かに僕の名前がある。でもそれだけだ。彼はただ幸運を祈ると言っていた。あるいは悪運をかな」

「もし相続からはずされたら、争うつもり？」

「いや」きっぱりした返事だった。「僕はそれほどお金に困ってはいないし、仕事もまだあるから」

「どんな仕事？」ケリーは興味をそそられた。

「グループ企業のデトロイト支店の支配人だよ」

「三十一歳にしてはすごい出世ね」シンクレア百貨店の重役には、五十歳以下はひとりもいない。

「向こうでは昇進が早いんだ」

「それなりの理由があるからでしょう？」

「確かに僕はホームランを打った。当然、次のステップはニューヨークの本社勤務だ。でもそれには魅力を感じない。僕はむしろ現場にいたいんだ」

「とても洗練された無駄のない現場でしょうね」

「ああ。シンクレアの状況がいかにも古くさく見えるような現場だ」ロスはちらりとケリーを見た。「何かしら変化があったのなら別だけど」

「少しはね。あなた好みではないと思うけど」

「たとえば」

「昨年、エスカレーターを新しくしたわ」

「遅ればせながらね。ほかには？」

「改装と、レストランのキッチンの近代化よ」

「僕が聞きたいのは組織のことだ。運営改革だよ」

「わかってるわ」ケリーはやましげな口調になるまいとした。「まだ利益は十分に上がっているから、大がかりな改革は必要ないわ」

「それは父自身が多くを得ようとしなかったからだ。その必要がなかったんだ。父は事業ではなく趣味としてあの店をやっていたから」

「ほかの重役たちも異存はないわ」

「当然だろう？　彼らはわずかな収益でとてもいい

暮らしをしている。もし彼らが株の大部分を手にしたら、とんでもないことになる！」

ケリーは首を振った。「そうはならないわ」

「どうかな」

車が速度を落とし、広い並木道から、長い弧を描いて家まで通じる私道へと入った。古びた灰色の石壁が目に入り、ロスは身を乗りだした。屋敷の美しい全貌が現れたとき、彼の表情が微妙に変化した。

九年前のケリーには、その家が宮殿に見えた。でも今は慣れてしまったので、大きくて立派なその家におじけづくことはない。ケリーはアンダーウッドを自分の家として愛するようになった。でも明日の今ごろも、まだそう思う権利があるだろうか？

「荷物はどうしたの？」石造りのポーチの前で車が砂利をきしらせて止まると、ケリーはきいた。

「駅からここに送らせた」ロスが最初に車を降り、反対側にまわってケリーに手を貸してからドアを閉め、運転手にうなずくと、車は走りさった。間近に立ったロスは以前より背が高く見えた。仕立てのよいスーツの下の体は筋肉質のようだ。高価なアフターシェイブローションの香りが鼻孔をかすめた。その外見からは、ひと晩じゅう飛行機に乗っていたことなど想像できない。きっと列車の中で髭《ひげ》をそり、身なりを整えたのだろう。イギリスの鉄道の狭くて不便な洗面所を想像すると、至難の業と言える。

次に到着した車から六人ほど出てきた。最初に降りたアンドリューの従弟たちは立ったまま、牧師に続いて三人の友人が出てくるのを待った。従弟たちには自分の考えがない。取締役会でもそうだ。アンドリューを亡くした今、彼らは次にどうすべきかさえわからずにいる。

ロスが再び彼らのために問題を解決した。ケリーの肘に手を添えて家の中に入ったのだ。オーク材の壁で囲まれた広い玄関ホールは温かく客を迎えた。

階段の下のテーブルには大きな花瓶が置かれ、輝くような黄色の菊が生けてある。ロスは部屋を横ぎって右手の両開きの扉を開け、天井の高い客間に足を踏みいれた。まるでつい昨日もそうしたかのように。

「シェリー酒でいいかい？」彼はきいた。「僕はウィスキーにするよ。飲まずにいられない」

それから三十分はお決まりの手順で進んだ。ケリーは家政婦のミセス・ペインが用意したサンドイッチやパイを載せたトレーを持ってまわったり、コーヒーやシェリー酒を注《つ》いだりして忙しく過ごした。牧師は秋の朝の風の冷たさを言い訳にしながら、ロスの勧めで一緒にウィスキーを飲んだ。

「本当に残念です」牧師は何度も言い、悲しげに首を振った。「いい人でした、お父上は、実にいい人でした。彼のいないこの教区など考えられない！」

最後にロスがそれとなく客に退散を促した。気づまりな会合を解散するのに慣れているのだろう。従弟たちは翌日、遺言の内容を聞くためにまたやってくるはずだが、それまで家に客はいない。

ロス以外は。でもロスは客とは言えない。この家はきっともう彼のものだ。ケリーは彼がどこで夜を過ごすことになるのか考えていなかった。でも別に困りはしない。薔薇《ばら》園を見おろす彼の部屋を、ミセス・ペインが用意してくれるだろう。

「あなたはここに泊まるのよね？」ケリーが念のためにきくと、ロスの眉がかすかに上がった。

「ホテルに行ってほしいかい？」

「どうしてそんな必要があるの？」

「世間体かな、たぶん」

ケリーは一瞬ぽかんと彼を見たが、やがてその意味に気づいた。「ばかを言わないで。誰から見ても、私たちは文字どおり兄と妹よ」

ロスの唇がゆがんだ。「君は十四歳じゃなくて二十三歳だし、とても魅力的な女性だ。この町は昔から禁欲的な土地柄だった」

「あなたがほのめかしているようなことを信じるほどではないわ」

「たぶん、ひと晩だけならね。もし父の遺言が君の予想どおりだったら、そうはいかないだろう？」

ケリーはかすかに顔を上げた。「そのとき私はここにはいないわ。ここはあなたのものですもの」

「僕が君を追いだしたがると思っているのか？」

ケリーは肩をすくめた。「お葬式の先のことまで考えていなかったわ。することが山ほどあって」

「僕がいたら僕がするべきだったことか」ロスはソファテーブルの上からたばこを取り、火をつけると、考え深げに煙を吐きだした。「僕から見れば、ここは君がいたいと思う限り君の家だ。父は君に何か残したはずだ。君がとても好きだったから」

「そうね」ケリーは静かに言った。「でもこの話は明日まで待たない？　詳しいことがわかるまで」

「いいよ」ロスは言い、謎めいた表情で彼女を見つめた。「となると、僕らは暇だ。僕自身は眠りたい。飛行機で眠れなかったから。夕食はどうする？」

「ミセス・ペインに頼んでないけど、私が作るわ」

「僕は外食を考えていたんだ。平日だから席を予約する必要もないし」ロスはケリーの反応を見てけげんな目を向けた。「気が進まないのか？」

「お父さまの葬式の日にはね」ケリーは認めた。「私たちは町をぶらつくより、喪に服すべきよ」

「ただの食事だよ。飲んで騒ぐわけじゃない」ロスは急にいらだった声になった。「人が死んだあと何週間も隠遁《いんとん》しなくたって喪に服することはできるさ」

「あなたの喪の服し方と私のは、明らかに違うみたいね」ケリーはやり返した。

「明らかにね」ロスはため息をついた。「わかった、家にいよう。君の料理の腕が上がっていることを祈るよ。以前はあまり感心した覚えがないからね」

ケリーは思わず苦笑した。「確かに。今は少しましよ。実際、お父さまはミセス・ペインの作るものより私の料理が好きだったわ」

「ひいきめじゃないかな」彼の笑みには妙な表情があった。「僕の部屋を使っていいのか？」

「ちょっと待って。ミセス・ペインに話してくるわ。連絡がなかったから、お部屋を用意しても意味がないと思ったの。でも長くはかからないわ」

ミセス・ペインは日あたりのよい広いキッチンで鼻歌を歌いながら食洗機に食器を詰めていた。家族がいるので住み込みではないけれど、週に数回、町の反対側から通ってくる陽気な六十代の女性だ。

「ベッドは用意してあるわ」ケリーにきかれて家政婦は言った。「ミスター・ロスの荷物が駅から運ばれてきたときに用意したの」彼女は好奇の目を向けた。「今回はずっといらっしゃるんでしょう？」

「私もよくわからないの」ケリーは慎重に言った。「今日はもう帰ってもらってかまわないわ。お店には行かないから、夕食を自分で作るつもりよ」

「午後の早退は歓迎よ。お昼はどうなさるの？」

「ふたりともあと数時間はおなかがすきそうにないわ」ケリーは衝動的に言いそえた。「何なら明日も休んでいいのよ。することもあまりないから」

ロスは窓の前に立って外を見ていた。窓の外は樹木を幾何学模様に刈りこんだフランス式庭園で、向こう端の生け垣まで芝生が続いている。その向こうにテニスコートがあり、さらに向こうの並木が道路から庭を隔てている。アンダーウッドの敷地は全部で三エーカー半ほどあり、巨大な芝刈機を使っても、芝を刈るには膨大な時間がかかる。アンドリューはよく敷地の一部を売りはらうと言っていたが、本気ではなかった。何世代も受けつがれてきた家と敷地はよほどの理由がなければ切り売りなどできない。

「部屋の用意ができたわ」ケリーは言った。「以前のままよ。ミセス・ペインがあなたの残していった服にカバーをかけたり風を通しておいてくれたわ」

「そんなに残していったかな？　覚えてないな」

「スーツを二着と、シャツとスラックスぐらいかしら。私はよくわからないわ」

「かまわないよ。自分で見るから」ロスは疲れたように髪を手ですいた。「五時までに起きなかったら起こしてくれないか。悪いけど、くたくたなんだ」

　くたくたで、打ちのめされて、先のこともわからない。そんな気分なのだろう。ひとり残されたケリーは手持ちぶさたになり、その場に立ちつくした。終日休みを取ったことを後悔したが、もう遅すぎる。仕方がない。家計の支払いについて目を通さなければならないことがあるので、それで暇をつぶそう。いずれにしても大きな負債は、明日の朝、ミスター・ワトリングによって明らかにされる。アンドリューはその処理を家族がしなくてもすむようにしてあった。遺言書でさえ書斎の金庫ではなく弁護士に預けてあった。でもそれは秘密ではなく、何かあればミスター・ワトリングが取りしきることはケリーも知っていた。予期していなかったのは、そのときがこんなに早く来たことだ。

　ドア口に向かうと、その横の金縁の大きな鏡に、細身の黒いドレスを着たほっそりした女性が映った。顔は内側にカールした赤毛で縁どられている。真っすぐ見返す緑の目にはほとんど表情がない。

　魅力的な女性、とロスは言った。ケリーはうぬぼれ屋ではないけれど必要以上に謙遜するほうでもないので、ほかの人たちにもそんなふうに見られているのは知っていたが、これほど心が躍ったのは初めてだった。ロスは変わった。六年の間に、以前の押しの強さとは違う静かな自信が身についていた。恋人はいるのだろうか？　彼は魅力的なうえに、仕事で成功している。たいていの女性はそれだけで胸を焦がすだろう。ここ数日連絡が取れなかったのも女性のせいだろうか？　たぶんそれは知りようもない。知りたいかどうかもわからない。ロスと再会して、自分でも気づかなかった心の隙間が埋まった気がする。いつまで埋まっているかはわからないけれど。

　ロスが再び階下に下りてきたのは六時半ごろだった。疲れがとれたらしく、茶色のスラックスに白いセーターを着て、先刻よりずっとくつろいで見えた。

「起こしてくれればよかったのに」彼はケリーが食事を作っているキッチンにやってきて、ドア口に寄りかかった。「こんなに寝るつもりはなかった」

「必要だったのよ」ケリーは指摘した。「無理に起こされるより自然に目覚めたほうがいいわ。私は経験がないけど、時差ぼけはつらいんでしょう」

「感覚が狂うんだ。僕の脳はまだ昼だよ」

　ケリーはほほえんだ。「何を食べても、あなたの胃には同じに思えるかもね。あと三十分で完成よ」

　ロスは匂いをかいだ。「いいね！　何だい？」

「あいにく、鶏肉《とりにく》のクリーム煮よ。あなたは明日まで寝つづけるかもしれないと思ったから」

「そして君の好意を無にすることになる。鶏肉で十分だよ。一緒にワインを飲もうか？」

「いいわね。ワインセラーの鍵はいつもの場所よ」

「ほかにどこにある？」ロスは皮肉な声で応じた。

　ふたりは夕暮れの淡い光が入る食堂で七時に食事をとった。ケリーはマホガニー製のテーブルの上座にロスの席を設け、その左側に自分が座った。ロスは銀器やきらきら光るグラスを見てかすかに唇をゆがめ、厚いダマスク織りのナプキンを膝の上に広げてから、頭上のシャンデリアをちらりと見あげた。

「優雅な生活がどんなものか忘れかけていた。デトロイトのアパートメントは最新設備が完備しているけど、その一帯のほかの家とほとんど変わらない」

「あと始末のために戻らなければならないんでしょ

うね。それは長くかかりそう？」

「その話は明日まで待つはずだっただろう」ロスは表情を変えずに指摘した。「遺言を知らなければ、計画は立てられない」

「そうね、もちろんよ。ごめんなさい。デトロイトのお店のことを聞かせて。どれくらい大きいの？」

「床面積ではシンクレアの三倍はある」

「重責ね」

「でも実務を取りしきる優秀な部下がいるからね」

その仕事を辞めるのは残念かとききたかったが、先刻の彼の言葉を思いだし、今はきかないことにした。もしかしたらロスはシンクレアの未来を担う責任から逃れたがっているかもしれない。アメリカでの彼の生活は充実しているようだし、すべてを自分の努力で勝ちとったという満足感もあるだろう。それはロスのような人には重要なことだ。

自分の質問に対するロスの答えを聞いているうちに、ケリーはますますその思いを強くした。デザートを食べおわるころには、アメリカとイギリスの小売業の違いがだいたいわかってきて、組織の大幅な再編を行わなくても置き換えはできそうな気がしてきた。ふたりはコーヒーを客間に運んだ。ロスは暖炉に火をつけてから、ブロケード織りのソファに深々と腰かけ、満足げな声をもらした。

「イギリスの秋はいいものだ」

「私は春のほうが好きだわ」ケリーは軽く応じた。

「春は始まり、秋は終わりがね」彼がソファの背に無造作に伸ばした腕はケリーの肩のすぐそばにある。背もたれに寄りかかれば、うなじがその腕に触れそうだった。ケリーは真っすぐ座ったまま少しうつむいてカップを見た。「長期予報によると、今年は寒い冬になりそうよ」

ロスがやや意地悪な笑い声をあげた。「さすがイギリスだ！　天候より君のことを話してくれ。この数年何をしていたのか。仕事以外にってことだが」

「大したことはしていないわ」それは事実だ。ケリーにとって店の仕事は生活の大部分を占めていた。「私は地元のアマチュア劇団に入っているの」

「人生はアマチュア演劇だけじゃないだろう」少し間があった。「恋人はどうなんだ？」

ケリーは眉を上げた。「それは兄としてきいているの？　それともただの好奇心？」

「僕は兄じゃない」ロスの声が打って変わってぞんざいになった。「血はつながっていないだろう」

「わかってるわ。冗談のつもりだったのよ」

「僕のユーモアのセンスではおかしいと思えないよ」ケリーのそむけた顔を、ロスは一瞬見つめ、それからいきなり片手を伸ばして彼女のカップとソーサーを取りあげると、低い象眼細工のテーブルに置いた。ソファの背にあった腕がケリーの肩に落ち、手が顎を包んで顔を振りむかせた。彼の灰色の目には不可解な表情があった。「妹にこんなことはできない」彼は静かに言い、キスをした。

短いキスだったが、それはケリーの中でこれまで揺らぐことのなかった何かを揺さぶった。一瞬、ケリーは反射的に唇を開き、彼の唇に屈したが、すぐに我に返り、あわてて両手で彼の胸を押しやった。頭が混乱し、彼と目を合わせることができなかった。

「こんなのおかしくもない」ケリーは何とか言った。

「冗談なんかじゃない。ただこうしたかったんだ」ロスの唇に冷笑が浮かんだ。「君もそうだろう」

「いいえ！」ケリーは絞りだすように言った。「あなたをそんなふうに思ったことはなかった！」

「僕もだ。以前はね」ロスはそれ以上ケリーに触れようとはせず、笑みを浮かべたまま彼女を見つめた。

「以前に僕がしたかったのは、君のあの独善的な態度をやめさせることだった。君のような子供に自分の考えをいちいち批判されるのがどんな気持ちかわかるか？」ケリーが否定しようと口を開くと、彼は首を振った。「言葉で批判しなかったとしても、その目が言っていた。最近は君も気持ちを隠すことを覚えて、肉体的な魅力にしか素直に反応しない。わかるよ。僕も君と再会した瞬間、そうだったから」

「ロス」ケリーの声は震えていた。「私たちは今朝、あなたのお父さまの葬式を終えたばかりなのよ」

「それでも人生は続く。でも心配しなくていい。僕は君を抱いて家名を汚すつもりはないから。ただ自分に何かを証明したかったんだ」

「たとえば？」

「それは僕の問題だ」

「私の問題でもあるわ」

「キスをしたからか？　深読みはしないほうがいい。二度と起こらないから」

「一度目も起こってほしくなかったわ」ケリーは悲しげに言った。「私にはあなたがわからない」

「君だけじゃない」ロスはコーヒーポットを取りあげてふたつのカップを満たし、ひとつを差しだした。「それを飲んで忘れてくれ。運よくいけば、僕は週末にはいなくなる」

「誰の運？」ききながら、ケリーは彼の問題を察しはじめていた。「あなたの？　それとも私の？」

ロスはあざけるようにちらりと彼女を見た。「単にそうなるかもしれないってことさ。今夜、僕はテーブルの上座に座ったが、それでも女主人のもてなしを受ける客のような気分だった。父もそう感じていたかもしれない」

「お客さまのように？」

「あなたはその地位にふさわしいってね。反論はいい。そのことは君も僕もわかっているはずだ」

「私は遺言の内容を知らないわ」ケリーは努めて冷静に応じた。「四年前にお父さまが私の名字を変えたいと言ったときに同意していたら、あなたが恐れているようなことが起こったかもしれないけど、この敷地がシンクレア以外の名前になることはありえないわ。絶対に」ケリーはしだいに苦い幻滅を覚えはじめていた。「私はあなたは変わったと思っていた。でも違った。根っこは変わっていない。あなたはお父さまに愛情を感じていなかった。ただ当然の権利と思っているものが欲しかっただけ。お父さまがあなたを勘当するはずだと思えたらいいのに！」

「だろうね」友好的な気分はとうに消えうせていた。灰色の目は鋼のようだ。「たぶん、だから互いに惹《ひ》かれるのさ。似た者同士でね。でも父は君をそんなふうには見なかった。君は四年かけて父にとって不可欠な存在になり、その立場を利用したんだ」

　悪者になるよりつらいのは、人に悪者扱いされて、そうではないと証明できないときだ。明日にはいくぶん疑いが晴れるとしても、ケリーが店の仕事に就いた動機について、ロスが完全に誤解していると証明することはできないだろう。それでもこの朝、車の中で、やっとふたりの波長が合ったような気がした瞬間があった。でもそれは幻想だった。今さらそんなことが起こるはずもない。

「もうやすむわ」ケリーはかすれた声で言った。「ミスター・ワトリングは十時に見えるわ。書斎を使おうと思うの」

「君ならすべて抜かりないはずだ。おやすみ！」

　二階の寝室で、絹のカバーをかけたベッドに腰かけ、ケリーは考えた。この先アンダーウッドにとどまることはできないし、シンクレアで働くこともできない。でも仕事は必要だ。小売業での経験を生かせば、仕事はすぐに見つかるだろう。でもメドフィールドにはいられない。この小さな町では過去から逃れることはできない。たぶんロンドンでなら、誰も知らない人間として一から出なおせる。しかし、そう思っても心は晴れなかった。

2

翌朝八時にキッチンに下りると、ロスの姿はなかったが、コーヒーとスクランブルエッグを作った形跡があった。ケリーも同じものを作りながら、彼はどこに行ったのだろうと考えた。体内時計が狂っていたら眠りにくいだろう。でも私ほどではないとケリーは思った。やっと寝ついたのは夜明け前だった。

ロスは九時少し過ぎに戻った。カジュアルなスエードの上着を広い肩にゆったりとはおっている。

「ちょっと歩いてきた。散歩を楽しんだなんて久しぶりだ。今朝は寒いね」彼は朝食室のテーブルの前に無言で座っているケリーを見て、口元をゆがめた。

「昨夜は乱暴だった。忘れてくれるかい？」

ケリーは面食らった。まさか彼が自分の行いを謝罪するとは思わなかった。でも、忘れてくれとは言ったが、自分は間違っていたとは言っていない。

「私は日曜の朝いつも歩くの」ケリーは質問をかわした。「必要もないのに早起きするのは楽しいわ」

「同感だ」ロスは彼女が質問に答えなくても気にならないらしい。「コーヒーは残っているかい？」

「あるけど、あまり熱くないわ」ケリーは新たにコーヒーをいれてやろうとはしなかった。「どうぞ」

黒い眉がかすかに上がったが、ロスは何も言わず、ポットに手を触れた。「本当だ。あまり熱くない。どうしてパーコレーターを使わないんだ？」

「陶器のポットのほうが好きなのよ」

「陶器のパーコレーターを買えばいい」

「セラミックでしょう。うちにはすでにステンレス製のものがふたつもあるわ」ケリーは〝うち〟という言葉を意識した。ロスもそれに気づいたようだが、どうしようもなかった。ケリーはこの家をずっと〝うち〟と呼んできた。習慣は一日では変わらない。

「着がえてくる。十時に書斎で会おう」

彼を見送りながら、ケリーは喉の奥に乾いた痛みを覚えた。あと四十五分足らずですべてが明らかになる。弁護士がわざわざ遺言を読みあげるのには何か理由があるはずだ。たぶん複雑な理由が。

弁護士は十時五分前に到着した。ケリーにはその顔があまり気乗りがしないように見えた。彼は一家の古い知人で、ロスを生まれたときから知っている。しかし、その朝の彼の挨拶はどこか控えめだった。

書斎はケリーのお気に入りの部屋だった。書棚、革張りの椅子、分厚いカーペット。本を探す者にも仕事をする者にも心地よい場所だ。張り出し窓の下の古い机の上には義父が使っていたパイプとたばこ入れが置いてある。ロスがそれを見て口元をきつく結ぶのがわかった。まだそこにあるのが気に入らないのか、何か思いだしたのか、知りようもない。

「ほかの人たちを待つべきかしら？」ミスター・ワトリングが遺言書を取りだすのを見て、ケリーは思わず言った。弁護士はあきらめの表情で彼女を見た。

「ほかの者はいない。いくつか小さな寄贈はあるものの、遺産の受取人は君とロスだけだ」

あとになって、そのときロスが急に身じろぎしたのを思いだし、彼はすでにそこで内容を予測したのだろうとケリーは思った。だが、その瞬間に感じられたのは、義父は思ったとおりの人だったという安《あん》堵《ど》感だけだった。彼は息子を拒絶しなかった。

弁護士は机の前のアンドリューの椅子に座り、咳《せき》払《ばら》いをしてから読みはじめた。初めの部分は予想どおりだった。ミセス・ペインに長年の働きに感謝して五百ポンド、庭師にも五百ポンド、それより少し高額の寄付をある慈善団体と地元の保守党クラブに。

そこで間があった。次の部分はさらに重要ということだ。弁護士は再び咳払いをして続けた。「残りの不動産は、息子ロス・シンクレアと義娘ケリー・レンダルがそれぞれアンダーウッドに毎年九カ月以上居住し、シンクレア百貨店の取締役会に加わることを条件に、両者に共有財産として同等に与える」

　署名の日付は四年前の八月となっていた。ケリーの母の事故から三カ月も経《た》っていないころだ。でもなぜ？　なぜアンドリューはこんな遺言を書いたのだろう？　ロスを抑えるため？　彼がシンクレアを牛耳って、自分の望まないような店に変えるのを防ぐため？　ケリーは義父がそこまで自分を信頼してくれたことに感動したものの、その遺言は受けいれがたかった。家の半分どころか全部だなんて！

「おめでとう」ロスが淡々と言った。「僕らはパートナーになったようだ」

　そのときケリーは彼が戦うつもりでいることに気づいた。遺言ではなく、ケリーに対して。そう思うと喉が詰まった。意を決してロスの顔を見たが、彼はすでに冷静になっていて、その表情からは何も読みとれなかった。ケリーは思わず両手を上げた。

「何と言っていいかわからないわ」

「礼を言えばいいのさ。死後の生があるなら、父にも聞こえるかもしれない」

　緊迫した空気を感じとって、ミスター・ワトリングが咳払いをした。「時間があるときに事務所に来ていただければ、細部について説明しよう」短い間があった。「ただひとつだけ言っておきたいのは、相続税を支払うには株の一部を社外に売る必要があるということだ。たとえそうしても君たちが困窮するわけではないが、シンクレアの店の利益が増えれば、それに越したことはない」

　つまりそういうことだ。ケリーは静かに息を吸いこんだ。アンドリューはこれを見越していた。相続税のために資本が使われるので、ほかの部分で調整が必要になることを。しかし彼はどんな方針転換を行うにしても、シンクレアのイメージを一変させるほどの激的な転換はさせまいと決めていた。だからそのためにケリーの介入をあてにしたのだ。だったらそれに応えよう。ロスがどう思おうと、全力を尽くしてアンドリューの信頼に報いなければ。

そうは決めたものの、玄関で弁護士を見送ったとき、ケリーはいくぶん不安を覚えた。振りむくと、ロスはまだ書斎のドア口に立っていて、片手で彼女に戻るように合図した。

「話があるんだ」

ケリーは冷静な顔を装って彼の横を通りぬけ、デスクに近づいてくるりと振りむくと、デスクに両手をついて寄りかかり、彼の目を毅然《きぜん》と見かえした。

「それで？」

「君はシンクレアの株の四割を持っている。僕はそのうち三割に、市価以上の額を支払う用意がある」ロスは単刀直入に切りだした。「もちろん、それでも君はあの従弟《いとこ》たちと同様、取締役会の一員だ」

力のない小株主として。ケリーは無表情を保った。

「私の株を買いとるほどのお金があるの？」

ロスの顔が険しくなった。「僕がどうやって資金を調達するかは僕の問題だ。僕はその株が欲しい」

「それはわかるわ」ケリーは静かに言った。「あなたならできるはずよ。でも答えはノーよ」

「なぜだ？」

「お父さまはあなたがそこまで力を持つのを望まなかったからよ。あなたが力を握れば、会社を一変させるはずよ。確かに改善の余地はあるけれど、お父さまが苦労して維持してきたものをすべてなくす必要はないわ。うちの顧客は、チェーン店にはないサービスを期待してくるの。それがなくなったら、チェーン店と同レベルで戦わなければならないわ」

「早かったな」ロスは言い、ケリーが眉根を寄せると続けた。「店を〝うち〟と呼ぶようになるまで」

　ケリーは赤くなった。「お父さまはいつも私にそう考えるように勧めてくださったわ。熱意の表れだといって」ケリーは間を置き、彼の顔を探った。「ロス、恨みつらみはなしにこのことを話せない？　あなたの気持ちは想像がつくけれど、でも……」

「本当に？　それはどうかな」ロスは首を振った。「この話に感情は関係ない。あの店には、父や君や父の従弟のバラット兄弟が思っている以上に可能性がある。僕は絶対にそれを実現してみせる！」

「ほどほどにね。それにバラット兄弟はあてにならないわ。彼らも古いものが好きだから」

「必要とあれば君たち三人と戦うよ」

「どうぞ」

　ロスはしばらく彼女を観察していたが、急に肩をすくめた。「少しずつやっていくしかないかな。まず今日から始めよう。僕はまず店を見てみたい」

　彼の言うとおりだ。議論ばかりしていても始まらない。話すなら、互いに頭を冷やしてからがいい。もしロスが店を相続しなかったら、むしろそのほうがよかったのかもしれない。彼はあっさり背を向けて自分の生活に戻っていっただろう。でも本当にそうだろうか？　昨日、車の中でもそう言っていたけれど、いざとなればわからない。シンクレアの仕事は彼にとって挑戦だ。ただ、これから彼が挑むのは父親ではなくケリーだ。それに応じるだけの力が自分にありますようにと、ケリーは祈った。

「お昼はどうするの？」ケリーはきいた。

「向こうで食べよう」

　ケリーは電話に手を伸ばした。「幹部用の食堂のスタッフに知らせておいたほうがいいわね」

「僕らが行くのは店のレストランだよ。売り場の価値を知るには自分で体験するのがいちばんさ」

「わかったわ」異例のことだが、ケリーは賛成した。

「席を予約しておくわ。一時でいい？」

「予約は不要だ」ロスは不機嫌に言った。「予告なしに行きたいんだ。もし行列ができていたら、そこに並べばいい。客が気に入るものは、僕らも気に入るはずだ。料理だけでなくサービスも含めて」彼は間を置き、まじまじとケリーを見た。「実際、君は幹部用の食堂で食べて、僕ひとりで行ったほうがいいかもしれない。誰も僕には気づかないだろう」

「アメリカではどうか知らないけれど、この国ではそんなやり方はしないわ」ケリーは言い返した。

ロスの口元がゆがんだ。「そんなたわごとを信じているとしたら、君は夢想家だ。お好きなように。たとえスタッフが僕らに気づいても、何も細工はできないだろう」彼はケリーの灰色のウールのスーツから、同色のスエードの靴をはいたきれいな脚へと一瞬目を移した。「用意ができているなら行こう」

身支度はすんでいても心は違う。でもそれを悟られるつもりはなかった。「バッグを取ってくるわ」

目抜き通りの一等地に立つシンクレア百貨店の正面は昔ながらのジョージ王朝風で、石造部分は最近行われた洗浄作業のおかげで往年の魅力を取りもどしていた。現代の基準で見れば、一階のショーウィンドーは小さすぎるが、ケリーの見る限り、独創的なディスプレーがその欠陥を十二分に補っていた。

店の裏にある従業員用の駐車場に向かう途中で、正面玄関の立派なドアの横のショーウィンドーが通行人の関心を引いているのが見えた。テーマは〝秋のレジャー〟だ。最近、装飾担当のチーフから送られてきた企画書にはそう書いてあった。この晴れた水曜の朝にお披露目するために昨夜閉店後に飾ったものだろう。近いうちに見に行かなければ。レスター・ベルトンのデザイン力は店の強みのひとつだ。彼の芸術家としてのプライドをたまに賛辞で満たしてやるのも重役の仕事だろう。

新しい経営体制のことはまだ知られていないはずだが、すぐに噂《うわさ》は広まるだろう。ケリーのような若者が、しかも女性が、取締役会に加わると聞いて、不信の目を向ける者もいるはずだ。シンクレアのベテラン社員の多くは、アンドリューが変えたがらなかった古いやり方を好む。かつて自分たちが敬愛していた経営者が新体制を考えていたと知ったら、きっと打ちのめされるだろう。でもロス同様、彼らも受けいれることを学ばなければならない。ケリーは何があってもその任にとどまろうと思った。

　ロスは何も言わず、ハンドルを切ってジャガーを狭い道に滑りこませた。彼は町を走っているときもそんな調子で、メドフィールドの変化にも興味を示す様子はなかった。早く店に着くことしか考えていないようだ。車は新車同様で、色はシルバーグレー、あらゆる最新設備をそなえている。これはロスにあげてもいいわ、とケリーは思った。自分はもっと小さくて地味で、それでも快適なヴァンデンプラス・アレグロをもらおう。物的な遺産をそんなふうに分割するのは許されるだろう。二台の車を売ってお金を等分するのが不可能なら、ほかに方法はない。

　ほかの遺産については大した問題は起こらないだろう。同じ家に住んでそこを共有するだけだ。だけ？　ケリーは思わず笑い声をあげそうになった。アンダーウッドは確かに大きな家だけれど、どんな家もふたりの人間が完全に離れて暮らせるほど大きくはない。当面は食事を一緒にして、娯楽設備や仕事場は共有すればいい。仕事場については、いざとなったらひとりが書斎を使い、もうひとりが小さな居間を使ってもいい。どれもそのときになったら考えればいいことだ。ほかに考えることが山ほどあるときに、そんなことを考えている暇はない。

　ロスは会長用の駐車スペースにジャガーを乗りいれてエンジンを切った。その拍子に袖の下からちらりとロレックスの金時計がのぞいた。スーツの色は淡いシルバーブルーで、ジャガーの内装に見事に調和している。デザインは現代的だが控えめで、もっと濃い色のストライプのシャツと無地の絹のネクタイを合わせている。これで目立たないと思ったら大間違いだわ、とケリーは内心苦笑いした。年配の社員はみな暗い色のスーツを着ている。若手の社員には少しくだけた者もいるけれど、それでもグレーのピンストライプ止まりだ。女性は全員グレーのスカートに白いブラウスという制服を着け、ブラウスは常に真っ白でなければならない。女性社員は派手でないことを理由に採用されるけれど、それでも感受性の強い若い女性社員が新しい経営者を見てどんな衝撃を覚えるかは想像がつく。ロスは三十一歳で、魅力的で、重役のイメージとはかけ離れている。

「まずオフィスかな」ロスは言い、腕時計を見ながら車を降りた。「もうすぐ十二時だ。売り場を見てまわるのは午後からにしよう」

「そのころには噂が広がっているわ」ケリーは指摘した。「実情を見られなくてもいいの？」

「僕が調べたいことと、従業員の態度とは無関係だ。彼らが大あわてで細工したところで、祖父じゃないが、何てことはない。僕は商品の飾り方や、床面積の使い方や、在庫の品質を見たいのであって、店員の爪をチェックしたいわけじゃない」

「まさか」ケリーは穏やかに抗弁した。「いくらあなたのお父さまでも、そこまではしなかったわ！」

「それに近いことはしたよ。それに父のことを、あなたのお父さまと呼ぶのはやめてくれないか。生前、君は父を何て呼んでいたんだい？」

「アンドリューよ。そのほうがいいと言われて」

「じゃ、今もそう呼んでくれ。それでわかるから」

彼に心を乱されてはならないと思っていたので、ケリーはそれ以上言わなかった。すでにずいぶん乱されているのだ。ロスに惹《ひ》かれる気持ちは今でもある。昨夜や今朝のやり取りのあとでも、それは変わらない。それもまたケリーの悩みのひとつだった。

ふたりは社員用のエレベーターで五階に着いた。カーペット敷きの廊下が三方に分かれている。ロスはためらうことなく左に向かった。まるでオフィスの配置が変わることなどありえないとでもいうように。でも当然かもしれない。会長室は会議室の隣にあり、会議室はそう簡単には移動できない。

ちょうどそのとき総務部長のアーサー・フィールディングが自室から出てきた。長身でほっそりした体にぴしっとしたダークグレーのスーツをまとい、薄くなった白髪まじりの髪を頭頂になでつけている。彼はもう三十年以上もシンクレアに勤務し、十二年前から総務部長を務めている。何事もなければ退職までその地位を保つだろう。ロスを見たとたん、アーサーのきまじめな顔が表情を変えた。

「おかえりなさい」総務部長は遠慮がちに言った。「こんなご不幸の折のお帰りとは残念です。お父上はメドフィールド内外でとても尊敬されていました、ミスター・シンクレア」

「ありがとう」ロスは差しだされた手を握ったが、顔は無表情だった。「うちの今の財務状況について、二日以内に詳しい報告が欲しいんだ。必要なら人手を借りてもかまわない。遅くとも金曜の朝までには用意してくれないか？」

その我が物顔の言い方に、ケリーはむっとしたが、何も言わなかった。ロスとの意見の食い違いを人目にさらしても何も得るところはない。義父のものだった杉材の壁に囲まれた静かな部屋に入ったところで、初めてケリーは穏やかな口調で切りだした。

「細かいことを言うようだけど、私たちはパートナーのはずよね？」

ロスが手にしていた書類を〝未決書類〟のトレー

に戻し、さっとケリーを振りむいた。彼の黒い眉が上がるのを見て、ケリーは身もだえしそうになった。

「会社を動かすには誰かが指揮をとらなければならない。君は僕よりその能力があると思うのか？」

「いいえ、でも……」

「じゃ、従弟のどちらかは？」

「いいえ。いずれにせよ、あのふたりは……」

「相続者ではない」ロスが代わりに続けた。「そのとおりさ。これは僕らの問題だ。もちろん、君も僕と同様、指示を出す自由はある。自分がどういう理由で何をしているのかわかっているなら。僕は今の時点で方針を決めようとは思わない。ただ、みんなが状況を把握できるように事実を整理したいんだ。そのために事実と数字が必要なんだ」

彼の見くだすような灰色の目を見て、ケリーは自分が恥ずかしくなった。ロスは自分よりもはるかに経験がある。そしてもちろん、倫理上の権利も。

「ごめんなさい。あなたの言うとおりよ」

「わかってもらえばいい」ロスはデスクの後ろにまわり、回転椅子に腰を下ろした。「君には自分の部屋があるんだろう？」

ケリーは顎を上げた。「ええ。すぐ隣よ」

「それは便利だ。ミス・ジャーディンはまだいるかい？」

「三年前に退職したわ。今の秘書はミセス・アンソニーよ」

「年齢は？」

「三十五歳ぐらいかしら。とても有能な人よ」

「だろうね」そっけない声だ。「君が正社員として働きはじめたとき、重役連中は驚いただろうね。といっても君は家族だから、少し話が違うが。父から仕事をもらうのに、どれくらい説得したんだ？」

「もらうというより差しだされたのよ」ケリーは動じないふりをした。「あなたの推測に反して、私は会社の株をねらっていたわけではないわ」

「何も期待していなかったのか？」

「遺産のことを考えたとしても、こんなことは予想もしなかった。ただ優しい人だったから、いくらかのお金は遺《のこ》してくださると思っていたけれど」

「つまり、もし選べるなら、こんな責任は負いたくなかったと？」

「そうよ。でもこうなった今、辞退するつもりはないわ。アンドリューがシンクレアをどう思っていたかは知っているし、私は彼の理想を支持するわ」

「たとえそれが途方もなく時代遅れであってもか」

ロスの口元がゆがむ。「もし僕らが何か成果をあげるとすれば、君はその理想をいくつか捨てることになる。うちは有限責任会社だ。家には手はつけられない。でももし僕らが家を維持するだけの収入を得られなければ、いずれ家を売ることになるだろう」

ケリーは考えながら言った。「そうなったら、どうなるかしら？　遺言では、遺産を相続するには年に九カ月あそこに住まなければならないことになっているわ。でも売ったらそれはできないでしょう」

「わからない。裁判所に相談するのかな」ロスはいらだたしげに身じろぎした。「でもそれはまだ仮定の話だ。君が僕の動きをいちいち妨害しなければ、何とかやっていける。少なくともメドフィールドには競合会社がないから、僕らのすることをすぐに比較されることもない。問題は、デパートのイメージを維持しながらチェーン店に近い利益を上げることだ。特定の商品についてはバイヤーのグループに入ってもいい。売り場を貸すこともできる。スーザン・スモールやマリー・クワントのようなブランドが興味を示しているし、そういうものが好みの顧客をもっと引きよせることができるかもしれない」

「でも売り場の配置を自由に変えられなくなるわ」

「確かに。でも定期的にテナント料が入るという利点がある。まだ単なるアイデアだけどね」

　ほかにどれだけアイデアがあるのだろう？　どこまで変えるつもり？　それはこれから見ていくしかないだろう。少なくともロスは妥協点を見つけようとしているみたいだけれど。

　秘書室との境のドアにノックの音がして、ケイト・アンソニーがためらいがちに顔を出し、デスクの奥に座っているロスを見てとまどった顔をした。

「声がしたものだから。でもまさか……」

「今来たところよ」ケリーは言った。そして秘書にロスを紹介し、彼女の反応を皮肉な思いで見まもった。年齢にかかわらず、女性はたいていロスに強く心を動かされる。いつも冷静沈着なミセス・アンソニーが、新しい上司と握手をしてどぎまぎしていた。

「私はお昼を食べに行くつもりでしたが、もし何かご用があれば……」

「今はないよ、ありがとう」ロスは愛想よく応じた。「ミス・レンダルと僕はこれから店のレストランで食事をして、午後は売り場を見てまわるつもりだ。明日の朝、その報告書をタイプしてもらうことになるけど、それまでは何もないよ」

「私は出したい手紙が一通あるわ」ケリーは言った。「たぶん四時ごろに」それまでに店の見まわりが終わっていなければ、あとはロスひとりで続けるしかない。何があろうと日々の仕事は変わらない。

　秘書が去ったあとも、ロスは立ったままだった。

「すぐに行こう。僕は朝食が早かったから」

「それに私は午前中の軽食も出さなかったわね。うっかりしていたわ」ケリーはわざと軽い口調で言った。「何だか今朝はあわただしくて」

「今後もそういう日が何度もあるよ」軽い口調だが、軽く聞き流せる言葉ではない。「さあ、行こう」

　レストランは三階のエスカレーターの横にあり、掲示されたメニューが誰でも目に入るようになっている。ケリーの予想どおり、火曜の昼時に行列はできていなかった。中は席が半分埋まった程度で、スタッフは難なく仕事をこなしていた。ふたりの姿を見て女性支配人がぎょっとした顔をしたが、すぐに歓迎の笑みでそれを隠した。

「おかえりなさい、ミスター・シンクレア」支配人はふたりを窓際の席に案内し、控えめに指を鳴らした。すぐにウェイトレスがやってきた。

　ケリーはオレンジジュースとサーモンのサラダを選んだ。ロスはしばらくメニューをながめていたが、やがて本日のスープであるオックステールのスープに、ステーキとキドニー・パイに決めた。そしてスープが来るのを待つ間、上着の内ポケットから小さな手帳を取りだして何か書きとめたが、ケリーには上下が逆なので読みとれなかった。

「最近ここを改装したと言っていたね？」ロスが目を上げずにきいた。

「ええ」ケリーは応じ、鋭い声で続けた。「もう一度改装するつもりじゃないでしょうね？」

「それはない。時代に合っている。ただ向こうの照明がよくないな。緑の覆いは冷たい印象を与える」

「あなたの代案は何？　蛍光灯にするの？」

　ロスが口をきっと結んで目を上げた。「君は口論がしたいのか？　だったら今夜、相手になるよ。でも公衆の面前では理性的にふるまおうじゃないか」

　先に目を伏せたのはケリーだった。ロスにいやみは通用しない。ただ自分が愚かしく見えるだけだ。

「わかったわ。あなたならどんな色を選ぶの？」

「金色かな。それに位置も少し下げる。ところで、客の入りはいつもこれぐらいか？」

「ええ、まあ」ケリーはしぶしぶ答えた。「土曜日がいちばん忙しいわ」

「満席かい？」

「十二時から一時の間はだいたいそうよ」

「六日のうち一日だけか。もしかしたら昼は軽食を食べたい人のほうが多いかもしれない」

「軽食バーを設けるようなスペースはないわ」

「いや、あるよ。あそこに。中央を仕切って、反対側にセルフサービスのカウンターを設け、別のタイプの座席を置けばできあがりだ。費用は最小限だし、同じキッチンで両方の調理をすればいい」

ケリーは欠点を探したが、これといって見つからなかった。レストランはだいぶ前からぎりぎりの利益で運営されてきた。ただサービスを要求する顧客のためだけに存続してきたのだ。ふらりと店に来る顧客は軽食バーが気に入るはずだし、レストランの収容人数が減った分の損失もそれで補えるだろう。

「キッチンを少し改造しなければならないけど」ケリーはあまり熱心に聞こえないように意識した。

「うまくいくかもしれないわね」

「やっと賛成してくれたね」ロスは少し驚いたようだ。「父なら絶対賛成しなかった」

「急いで利益を増やす必要がなかったからよ」

「そんなに急ぐ必要はない。少し考えないと。僕は大きな決定を下す前に市場調査をしたいんだ」

「どうやって？」

「顧客アンケートかな。僕らの商売相手は顧客だから、彼らが何を求めているかを知らないと」

ケリーは疑わしげな顔をした。「わざわざ時間を割いてアンケートを書きたがる人がいるかしら？」

「だから店のあちこちにクリップボードを持った係員を配置して、客の意見を書きとめさせるんだ。店にとって自分の意見が重要だと感じれば、断る人はあまりいないだろう。デトロイトでは、頻出する顧客の要望をふたつ実現しただけで、四パーセントも売り上げが伸びた。そのひとつは、母親が買い物をしている間、子供を預けられる託児所だった」

「うちにはそんなスペースはないわ」

「かもね。でもベビーカー専用の駐車場を設けて係員を置くだけでも十分代わりになるかもしれない」

母親がいない間に赤ちゃんが一斉に泣きだしたらそうはいかないわ、とケリーは思った。でも男性がそんなことまで考えられるはずもないけれど。

「試す価値はありそうね。アンケートのことだけど。あなたが段取りをするの？」

「まさか。プロを雇うよ」

「費用がかかるわ」

「お金を儲《もう》けるにはお金を使わないと」彼はそっけなく応じた。「これも計算されたリスクだよ」

ロスは食事自体には文句をつけなかった。もちろんスタッフの接客態度にも。食事を終え、コーヒーを飲み終わると、すぐにロスは立ちあがった。

「まず総支配人からだ。まだアーノルド・グレッグソンかい？　そろそろ定年退職のはずだが」

「あと一年よ。いきなり行って彼を驚かせるの？」

ロスがいらだった目を向けた。「まさか。僕らが来ていることは、彼も一時間以上前から知っているはずだ。オフィスに戻って彼を呼んでもいいが、途中で彼の部屋の前を通るから、そこで挨拶しよう」

ケリーは悲しげに言った。「あなたは人を困らせるのが上手ね」

「相手によっては簡単さ」ロスは近くの階段を指さした。「歩こうか？　いい腹ごなしになる」

総支配人は部屋にいた。総務部長のアーサー・フィールディングと同様、彼もどこか遠慮がちにロスを出むかえた。ふたりとも状況の変化を感じとり、今後のなりゆきを警戒しているのだろう。無理もない。ロスの改革一辺倒の強引なやり方には、誰でも当惑するはずだ。今までのところ、ケリーはロスと歩調を合わせてこられたけれど、まだほんの序の口だ。彼が本気でその気になったら、きっと問題が続出するだろう。それは間違いない。

3

総支配人は店の見まわりに同行すると申しでたが、ロスは断った。重役三人で歩くのはあまりにも仰々しい。ケリーも辞退しようかと思ったが、やはり行くことにした。ロスと一緒にいれば、彼の反応を見て問題を予想できる。といっても、本当に必要でない限り、彼のアイデアを妨害するつもりはなかった。アンドリューが大事にしていたのはシンクレアのイメージだ。キーワードは品格。それだけはどんな圧力にも屈せずに守らなければならない。

午後が終わるころには、ケリーはその圧力がどれほど重いものになるかを予測しはじめていた。棚の配置についてのロスの意見を聞いただけで、血圧が急上昇した。人員の配置にもけちがついた。不必要な時間に不必要な場所に人が多すぎる、というのはほんの一例だ。しかも社員に対するロスの態度は気さくすぎる。特に新人は、畏怖の念をもって上司を敬わなければならない、というのがアンドリューの口癖だった。その是非はともかく、地位の違う者同士はあまり交流しないのが店の方針になっている。

四時ごろにはロスの手帳は文字で埋めつくされていた。ケリーがそろそろお茶にしようかとおずおず持ちかけると、やっと彼もそこで区切りをつけた。

「報告書ができたら見せるよ」その日の成果についてケリーがきくと、ロスは言った。「書類にまとめたほうがわかりやすいだろう」

会長室に着くと、ロスは地元の市場調査会社に電話をかけ、翌朝打ち合わせのために人をよこしてもらうことにした。それがすんだところで、ケイト・アンソニーがお茶を運んできた。トレーにはスポードの磁器のカップに、ウェハースぐらいの薄さのハムサンドイッチと、小さなケーキが載っていた。

「レストランに定期注文しているの」ロスの表情を見て、ケリーは説明した。「まだキャンセルしていなかったわ」

「じゃ、今したほうがいい。君が午後の半ばに食事をするなら別だけど？」

「いいえ。私は飲み物だけで十分よ」

「父もそうだった。ただ小腹がすいたときのために用意していたんだ」

「誰にでも変わった癖はあるわ」

「多い人と少ない人はいるけどね」ロスはカップに砂糖を入れてかき混ぜながら、皮肉な目でケリーを見た。「今週はずっと僕につきまとうつもりか？」

ケリーは挑発に乗らなかった。「どうかしら。自分の仕事もあるし」

「じゃ、ほかのことは君に任せて、僕はこれに集中する」ロスは目の前に置いてある手帳を軽くたたいた。「少し整理しないといけないから」

「そんなにひどいの？」

「言っただろう、報告書を見ればすべてわかる」彼は間を置いた。「夕食はどうする？　外食かい？」

ケリーは首を振った。「ふたり分の調理には慣れているわ」

「それに葬式から間もないし」ロスは答える暇を与えなかった。「そのほうがいいかな。僕は夜も仕事をするし。君は自分の時間を楽しめるだろう」

「今夜は劇団の日よ。十一時ごろまで帰らないわ」

「元気だな。演目は何だい？」

彼は興味からではなく、ただ事務的にきいているのだ。ケリーも事務的に答えた。「言っても知らないと思うわ。あなたは何時に退社するつもり？」

「君の帰れるときでいいよ。そういえば手紙を出すとか言っていたね。緊急なんだろう」

実を言うと、緊急ではない。そのことを持ちだしたのは、単に自分の立場を強調するためだった。でも今さら撤回するわけにもいかない。ケリーはカップを置いて立ちあがった。「じゃ、十五分後に」

自分の部屋のデスクに戻るのはうれしかった。新しい境遇に慣れるのは容易ではない。ある意味、子供のころ新しい環境に移ったときよりも難しそうだ。唯一の慰めは、少なくとも年齢に関して、以前よりもロスと対等になれることだ。不思議なことに、同じ九歳の年齢差が、今は違って見える。六年前は男と少女だったけれど、今は男と女。

「例の手紙を片づけましょうか?」ケイト・アンソニーが部屋の向こうのデスクから言い、ケリーははっと我に返った。秘書は何かを察しているようだ。

「今日じゅうに出したいと言っていたでしょう」

その必要がないことはミセス・アンソニーも知っている。年の差にもかかわらず、ケリーは彼女と気が合った。彼女が愚かでないことだけは確かだ。

「意地を張っただけよ」ケリーは認めた。「でもいずれにせよ、今日発送したほうがいいわね」

「ミスター・シンクレアは予想とだいぶ違うわ」秘書はメモ帳の上で鉛筆をかまえながら言った。「会長があんなに若いと、きっとみんな面食らうわね」

ケリーは反論しかけてやめた。役職についてはいずれはっきりするだろう。ケリーが家と敷地を共有するという事実はまだ知られていない可能性もあるが、実際は疑わしい。シンクレア百貨店には、ほかのどこよりも優れた情報網があり、地下でささやかれた話が数分で最上階まで届くことになっている。でもケリーは誰かが言いだすまで、自分で言うつもりはなかった。ロスの善意でアンダーウッドに住まわせてもらっているのだと思わせておけばいい。

帰宅するために車に乗りこんだとき、初めてロスが冷静な口調で言った。「君が手紙を口述している間に従弟《いとこ》たちに電話して、明日の朝九時半に取締役会を開くことにした。僕は十一時に調査会社の者と会う。君は二時に部長会議を招集したらどうかな」

「総支配人の頭ごしに？」ケリーが言うと、彼は有無を言わせぬ視線を向けた。

「当然、議長は彼だ。僕は自己紹介をするだけだ」

「今日の午後はそれをしたがらなかったのに」

「派手な騒ぎにしたくなかったからだ」

　対照的に、アンドリューは月一回の見まわりで部下をぞろぞろ従えて歩くのが大好きだった。なぜだめなのだろう？　彼の唯一の見栄だったけれど、それよりはるかによくない気がする。

　家がいつになくよそよそしく見えるのは、気のせいだろうか。ケリーは自分がそこを半分所有しているという考えにまだなじめなかった。そして今さらながら、その条件が心配になってきた。たとえばもし一方が、あるいは両方が結婚した場合、どうなるのだろう？　死ぬまで同じ家に住みつづけるのだろうか？　それはあまりいい状況とは思えない。

「飲み物は？」家の中に入るとロスがきいた。

　ケリーは首を振った。「せっかくだけど、私には早すぎるわ。でもあなたはどうぞ。夕食が早くなってもかまわないかしら。八時から劇団の稽古なの」

「おかげで僕の夜の時間が長くなる」ロスは賛成した。「何か手伝おうか？」

「いえ、大丈夫。今朝ほとんどやっておいたから」

　そのほうが時間も手間もかからないとロスが言うので、ふたりは六時半に朝食室で夕食をとった。それが終わると、ロスはコーヒーを持って書斎に向かった。ケリーには彼がほっとしているように見えた。それはお互いさまだ。よく知らない人と一緒に住むのは容易ではない。自分の体がひどく反応してしまう男性が相手ならなおさらだ。

　ケリーが七時半に家を出たとき、書斎からは何の物音もしなかった。黒い頭をデスクの上に傾け、長い器用な指をせっせと動かして、先刻書きなぐったメモを整然とした文章に変えていく彼の姿が目に浮かんだ。独創的な頭から次々にアイデアが生まれ、理性がコンピュータのようにその可否を判断する。違う状況なら、こんな危うい関係にならずにすんだのにと思うと、胸が苦しくなった。もしアンドリューが自分の持ち株をすべて息子に遺《のこ》していたら、ケリーはロスのアイデアにすべて賛成はしないとしても、彼を止める責任から逃れられた。今の状況では、ふたりが仲よくなれるチャンスはまずないだろう。

　メドフィールド劇団は週に一回、タウンセンターのそばの教会ホールで稽古している。公演が近づくと、それが週二回になる。公演は年に二回、木、金、土の三日間にわたって、シヴィック劇場で行われ、たいてい三日とも満席になる。歌劇団の多い町で唯一の本格的な演劇グループということも手伝っているのだが、実際、才能あるメンバーに恵まれてもいる。今回はバーナード・ショウの『ピグマリオン』を上演することになった。ケリーは過去に二度ほど小さな役を演じただけなので、イライザ役に応募する気はなかったが、数人の団員に勧められてオーディションを受けたところ、意外にも受かってしまい、今はそれを楽しんでいる。脚本の微妙なユーモアを今風に書きかえることが多い中で、劇団は忠実に演じていた。適切な演出をすれば普通の観衆にもきっと理解してもらえる、というのが演出家のラリー・ホールの持論だ。

　ケリーは最後に到着した。ステージ代わりの演壇の横で一団の人々と話していたラリーが、ケリーの姿を見て近づいてきた。ひょろ長い体に色あせたジーンズと分厚いセーターを着ている。彼は二十六歳で、いずれは伯父の経営する会社の経営者になることが決まっている。多くの母親が娘を嫁がせたいと思うような青年だ。カジュアルにまとめた金髪、きらめく青い瞳。容姿も決して悪くはない。ケリーは彼に好かれていたが、それまでは大勢の中のひとりだった。でも今夜の彼のまなざしはどこか違った。

「来ないのかと思ったよ」ラリーが言った。「噂《うわさ》では、義理のお兄さんが帰ってきたそうだね？」

「ええ」ほかにどんな噂が流れているのだろう？

「だからって、なぜ私が来ないと思ったの？」

「いや、葬式はつい昨日だったし……」

「それでも人生は続くわ」言ったとたん、ケリーはその軽薄な響きが恥ずかしくなった。こんな言葉はロスに任せておけばいい。彼なら同じことを言っても現実的に聞こえるだろう。「いえ、つまり、私が家の中でふさぎこんでいたら、アンドリューは喜ばないはずよ。誰のためにもならないし」

青い瞳に好奇の色が浮かんだ。「一瞬、我らがイライザが僕らに愛想を尽かしたのかと思ったよ。そんなのはちょっと君らしくないからね、ケリー」

「ええ、そうね。今日はちょっと大変だったの」

「お義兄《にい》さんのせいで？」

「それもあるわ」それ以上言うつもりはなかった。

「ラリー、第二幕の初めにイライザが登場するところで、あなたに言われたことだけど……」

稽古が進むにつれ、ケリーは今夜の演出はあまりさえていないと思いはじめた。ラリーはどこか上の空で、一週間前なら、なぜわからないんだと髪をかきむしったような場面を見すごしたりした。公演を三週間後に控えた今、劇団はいつも以上に彼を必要としている。彼が何を悩んでいるにせよ、来週までにそれが解決されていることを祈るばかりだった。

意外なことに、稽古後、数人の団員に自分のフラットで飲まないかと誘ったのはラリーだった。ケリーが誘いに応じたのは、家に帰ってもロスが起きているかもしれないと思ったからだ。これからずっとそんな状況が続くのだから、ばかげた考えだが、今はできるだけロスとの接触を避けたかった。

　ラリーのフラットは広くて快適だった。ケリーが訪れたのは初めてだったが、団員の中で少なくともふたりの女性がそこに来ていたことは知っていた。しかしそのふたりは今夜は来ていない。ケリーは車なのでと言ってお酒を断り、代わりに自分でコーヒーをいれることにした。ラリーは彼女を小さなキッチンに案内し、君はここにしっくりなじんでいるね、と笑顔で言いながら出ていった。

　みなが腰を上げたのは真夜中近くだった。ラリーが外の戸口でヒギンズ教授役のトム・コッテリルと話している間に、ケリーはグラスやカップを集めて手早く洗った。彼女が居間に戻ると、ラリーが戻ってきたところだった。彼がドアから向きなおると同時に、ケリーは上着に手を伸ばした。

「急ぐのかい？」彼は愛想よくきいた。「この機会に、二、三、君と話しておきたいことがあるんだ」

　ケリーは上着に片腕を通したまま躊躇《ちゅうちょ》した。「もう遅いわ。お互い、明日は仕事だし。大事なことなの？」

「そうでもない。ただふたつほど提案があるんだ。ざっと説明するだけなら数分とかからないよ。普段の稽古では一対一で話す機会があまりないからね」

　ケリーも数週間ほど前からその不足を感じていた。イライザは初めての主役なので、ぜひ成功させたかった。自分のためにも、劇団のためにも。もしラリーに何かいいアイデアがあるのなら、せめてそれを聞かなければ。ケリーは上着を椅子に戻した。

「いいわ」

　ふたりはイライザについて三十分以上話しつづけた。話が終わるころには、ケリーはその役について理解が増したのか減ったのかわからなくなっていた。ラリーは演出に全身全霊を捧《ささ》げている。それは間違いない。でも彼の手法は繊細すぎて、ときどき、普通のアマチュア劇団員には理解できないのではないかと思うことがある。普通の観客も同じだろう。

「とてもためになったわ」ケリーはとうとう言った。「でも本当にもう帰らないと」

ラリーは笑った。「お義兄さんが待っているから？」

ロスが待っていたらたまらない。でも半面、彼が心配しているとも思えなかった。そもそもそんな必要はない。私は子供ではないのだから。

「そんな関係じゃないわ」ケリーは軽く応じた。「ただ同じ家に住んでいるだけよ」

ラリーが好奇の目を向ける。「ずっとかい？」

「それが条件よ」ケリーは唇を噛《か》んだ。つい話しすぎてしまった。「ちょっと改装すれば、ふたつに分割できるし」

「それがお義父《とう》さんのねらいだったのかな？」

ケリーは困ったように肩をすくめた。「義父《ちち》が何を考えていたのかはわからないわ」

「僕には明らかな気がするけどね」ラリーが言った。

ケリーは驚いて彼を見た。「そう？」

「そうさ、彼は君たちを結婚させたかったんだよ」

それじゃ何の解決にもならないわ、と言おうとして、ケリーはその言葉の意味に気づいた。顔が赤くなるのを感じ、急いで笑い声をあげた。「やめて！　アンドリューにとって、私たちは息子と娘よ！」

「でも実際、君とロスに血のつながりはない。だから君はしたいと思えば彼と結婚できるんだ」

「法律上はね。でも事情はもっと複雑よ。とにかく、それは問題外よ」

「彼のことをそんなふうに思っていないのかい？」

「もちろんよ！」力が入りすぎて、本当らしく聞こえなかったかもしれない。ケリーはそれを修正しようとした。「そう、もちろんよ。六年も離れていて、私は彼のことをほとんど知らないし、それに……」

　ラリーは問いかけるように眉を上げたが、ケリーはすでに話しすぎていた。店のことは自分とロスの問題だ。「本当に帰らないと。十二時半すぎよ」

「車まで送るよ。夜のこの時刻には、誰が外をうろついているかわからないから」

　ケリーはアレグロを近くの道路の端に止めていた。来たときは別の車があったが、今は街灯の下に一台だけ止まっている。ラリーがキーを受けとってドアを開け、ケリーを乗りこませると、キーを渡した。

「土曜日にオデオン座で『ヨーロッパ人』をやるよ。先週、君がサンドラに話していただろう。僕も観《み》たいんだ。一緒に観に行かないか？」

　何げないひと言を彼が覚えていてくれたことがうれしくて、ケリーはほほえんだ。「ええ、ぜひ」

「喜んで」ラリーはドアを閉め、頭上の街灯で奇妙に陰った目で、ケリーを見おろした。彼女は窓を開けた。「車で来る必要はないよ。七時に迎えに行く。映画のあと、どこかで食事をしよう。いいかい？」

「いいわ」その晩はロスがメドフィールドに戻ってから最初の土曜の晩だ。ケリーはロスとその晩を過ごすという考えを頭から締めだした。この町は彼の故郷だ。彼が訪問できる相手はたくさんいるだろう。

　道はすいていて天候もよかったので、ほんの十五分ほどでアンダーウッドに着いた。外から玄関広間に明かりがついているのが見えたが、客間と書斎は真っ暗だった。ロスの寝室は家の向こう側なので見えないが、彼はケリーのために玄関の明かりだけ残して、きっともう二階に上がったのだろう。

　雨は降りそうにないので、ケリーはアレグロを外に置いたまま家に入り、そっと扉を閉めた。鍵をかけるとき、掛け金が音をたてた。思わず息を止め、二階の物音に耳を澄ます。ばかげてる。私は十三歳じゃなく二十三歳よ！　アンドリューでさえ、私が十八のころ、出入りを監視するのをあきらめたのに。

　ケリーは自分の部屋に入り、ほっとしてドアを閉めた。明日はまた、というより今日はまた、新しい一日だ。きっとそのうち男性と同じ家に住むことにも慣れるだろう。アンドリューとは四年間もそうしてきたのだから。その比較が現実的でないことは、人に言われるまでもなくよくわかっていた。

　二十分ほどしてベッドに入ろうとしたとき、ふと、ロスも仕事を終えたあとで外出したかもしれないと思った。その場合、帰ってきたときに扉に掛け金がかかっていたら、いい気持ちはしないだろう。

　ため息をつきながら、ケリーは薄いガウンをはおってベルトを結んだ。踊り場で足を止め、階段の向こうのロスの部屋を見た。確かめたほうがいい。

　おずおずドアをたたいたが、何の反応もない。もう一度試し、それから恐る恐るノブをまわし、中をのぞいてみた。闇の中に手つかずのベッドが見えた。やはりそうだ。ロスが帰るまで玄関の掛け金はかけずにおこう。帰ればの話だが。もしかしたら彼には、それぐらい親しい友人がいるかもしれない。

　再び玄関広間に下りながら、ケリーは皮肉屋の自分をたしなめた。やめなさい、そんな臆測は必要ないわ。昨夜ロスにキスされたからといって、彼を色情狂のように思う理由は何もない。彼が私に触れたのは単に体が惹《ひ》かれ合う以上の……つまりはもののはずみ。あのときロスが言おうとしたのは、恋愛などくだらないし、そんなことを期待してもらっては困るということ。私もそんなことは期待していない。私が望むのは、対等な発言権だけ。

　掛け金をはずしたところで、ふと書斎のドアが目に留まった。ロスが作っていた報告書はまだあそこにあるだろうか？　見てみたいと思う誘惑には勝てなかった。結局、あと一日かそこらで見ることになるのだ。反論を考えるには、時間が必要だ。

ケリーは明かりをつけ、デスクに近づき、その上の書類に目を通したが、目あてのものはなかった。そこで回転椅子に腰を下ろし、引き出しを探しはじめた。ここにはなさそうだと確信しはじめてはいたが、調べつくすまで負けを認めたくなかった。

半開きになっていた入り口のドアが突然大きく開いた。ケリーはぎょっとして凍りつき、やましげに目を見開いた。スラックスに絹のセーターを着たロスが片手にフォルダーを持ち、ドア口に立っていた。

「これを探しているのか？　がっかりさせて悪いね。居間に持っていっていたんだ」

だから一階の部屋に明かりが見えなかったのだ、とケリーは思った。居間は家の反対側にあり、その入り口は玄関広間の階段の向こう側にある。

「出かけているのかと思ったわ」それしか言えなかった。「私が帰った物音が聞こえなかったの？」

「もちろん聞こえた。少なくとも車の音は。それで目を覚ましたんだ。二時間ほど前に向こうの暖炉に火をつけて、まとめたものを読んでいたんだが、いつのまにか眠ってしまったらしい」彼は表情の読みとれない顔でケリーを見た。「長い稽古だったね」

「稽古のあと、何人かで演出家の家で飲んでいたのよ」ケリーは自分の口調にかすかに言い訳がましい響きを感じ、腹が立った。

「不平を言ってるんじゃない。君はもう大人だ。演出家は誰だい？」

「ラリー・ホールよ。あなたは知らないでしょう」

「家族はホール製作所の経営者じゃないか？」

「それは伯父さんで、彼もそこで働いているの。ご両親は数年前にニュージーランドに移住したけれど、ラリーはここがいいと言って残ったのよ」

「養子として？」

「たぶん。ミスター・ホールには子供がいないの」

ロスはドア口の柱に寄りかかり、出口をふさいでいた。「だとすると、夫としてはかなり有望だな」

「ええ、そうね。考えたことがなかったけど」

「本当に？」ちゃかすような口調だ。「結婚は君の人生計画には含まれないのか？」

「もちろん含まれるわ。いい人がいれば」

「ラリーは違うのか？」

「私は彼を個人的によく知らないわ。今夜だって、初めて……」ケリーは口をつぐんだ。なぜかそれ以上言いたくなかった。代わりにロスが続けた。

「初めて誘われたのか？　わかるよ。君の立場は今日まであいまいだったから。こういう町では噂はあっという間に広まる。いつもそうだ」

　ケリーは急に立ちあがり、机の引き出しを勢いよく閉めた。「ラリーはそんな人じゃないわ！」

「君は彼をよく知らないんだろう。どうしてそんな男じゃないとわかるんだ？」ロスは間を置いた。「念のためにきくが、もし君が結婚する場合、持ち株の大部分を僕に売る用意はあるのか？」

　ケリーは顔を上げた。「いいえ」

「やっぱり。そこは父も考えなかったんだな」

「私が結婚相手にシンクレアの株を簡単に渡すと思っているのなら、それは違うわ」

「言うはやすしさ。女は男に夢中になると何でもしかねない」

　ケリーは挑発に乗らなかった。「それで、あなたには何か解決策でもあるの？」

「ひとつだけ確実な方法がある」ロスはわざと間を置いた。「僕が君と結婚することだ」

　ケリーが答えるまでに一瞬、間があった。「前にも言ったけれど、そういう冗談は笑えないわ」

「誰が冗談を言う？　いずれにせよ、たぶんそれが父の望んでいたことだ」

　これで二時間の間にふたりの人間が同じことを言ったことになる。ケリーは理性的に考えようとした。

「もしそうなら、もっと確実にしたはずよ」

「相続の条件にするってことか？」ロスは首を振った。「いがみ合っていたらそれは守れない。いずれにせよ、父はもっと巧妙だ。僕は自分で自分の首を絞めるしかないんだ」

ケリーは彼を見つめた。「私があんなどうでもいい株のことであなたを安心させるために結婚するなんて、本当に思っているの！」

「どうでもよくはない。あれはシンクレアの株で、これからもずっと一族のものだ！」

「レンダルのものでもあるわ」ケリーの怒りには何か別の感情が混じっていた。「ロス、私はどんな理由でだってあなたとは結婚しないわ！」

「君はほかの男とは結婚しないさ。あの株を持っている限りは。僕が防いでみせる」

「どうやって？」

ロスの笑みは冷ややかだった。「人の残り物を欲しがる男はあまりいない。少なくとも君が出会いそうな男たちには。メドフィールドのような場所では、僕らが同じ家に住んでいるというだけでゴシップの種になる。君もそれはわかっているはずだ」

「でもそれは事実じゃないし、私のことを思ってくれる人たちは、そんなふうには考えないわ」

「たとえ僕がそう断言したとしても？」

その瞬間、生まれて初めて、ケリーは人を憎むのがどういう気持ちか知った。ロスならやりかねない。

「あなたって本当に見下げはてた人ね」

「ああ、筋金入りだ。でも君には別の選択肢もある。株を売ることだ」

「それができないことはわかっているでしょう」

「単に見当違いの忠誠心のせいでね」

「あなたのお父さまに対する忠誠心よ。それは大事じゃないの？」

「父の印象は人それぞれさ」ロスは皮肉で返した。

「君と僕はそれぞれ父の別の面を見ていたんだ」

「あなたはお父さまを憎んでいたのね？」

「憎んではいない」急にうんざりした声になった。「ただ、父の言いなりになりたくなかっただけだ」

「私の持ち株を手に入れるために私と結婚したら、お父さまの言いなりになるんじゃないの？」

「ならないよ。父はもうここで指図をしてはいないから。いずれにせよ、君は僕とは結婚しないと宣言した。だからそれは問題外さ。そして君が株を売ることも拒否するなら、ほかに選択肢はない」

「脅し以外はね。でも私は脅されないわよ、ロス」

「わかった。じゃ、やってみようじゃないか」

ロスはフォルダーをドア口の壁際のテーブルに置き、部屋を横ぎって近づいてきた。ケリーは不意に喉に渇きを覚えながら、それを見ていた。あとずさりしたくても、動ける余地がなかった。

「何をするつもり？」

「こうだ」ロスは強引にケリーを抱きよせた。ゆっくりと探るような長いキスに、思わずケリーの唇が開いた。ロスは後ろに動いてデスクの縁に体重を預け、両手をケリーの背筋にあててしっかりと引きよせた。彼の引きしまった筋肉や、自分の腿を挟む腿の力強さを、ケリーはまざまざと意識した。ロスの片手がガウンのベルトをほどき、もう一方の手がすっぽりと胸を包んだ。思わずケリーは身を震わせた。

「やめて」彼の唇が口から顎へ、そして首筋へと移ったとき、ケリーは懇願した。「ロス、だめ……」

ロスはそっとあざけるように笑いながら、火のような唇でケリーの肌を焼いた。ガウンが肩からずり落ちていたが、何もできなかった。ケリーは両手で彼の髪をつかみ、引きはなそうとしたが、ロスはその痛みを無視して目標のものを探りあてた。ケリーははっとあえいだ。

それほど強烈な感覚は、急に湧きあがった痛いほどの欲求は、予想もしていなかった。ケリーは両手で彼の頭を引きはなす代わりに、無意識に自分の胸に押しつけ、彼の黒い髪に指をからませていた。そして彼の名前をつぶやいたが、その声は前とは違う声音で、別の懇願がこもっていた。

ロスがケリーを抱きあげたとき、彼女はまったく抵抗せず、彼の肩に顔をうずめた。

「ここではだめだ。君の部屋か？　それとも僕の部屋で？」

もしロスが無言のまま彼女を寝室に運んでいたら、ケリーはそのまま彼に体をゆだねただろう。しかし彼の声を聞いて呪縛が解けた。ケリーは急に自分が何をしようとしているかに気づいた。

「ああ、だめ。下ろして！　下ろしてよ、ロス！」

ロスは彼女を見おろした。口の端がぴくりと動くのが見えた。「そうなのか？　僕を何だと思ってるんだ？」

「ごめんなさい。ここまでさせるべきではなかったわ」ケリーの声は震えていた。「始めたあなたも悪いのよ。私は……あなたを止められない」

「止めたくなかったんだろう。本気で抵抗するほどには。なぜ今さらやめるんだ？」

「私が頼んでいるから……懇願しているからよ」ケリーは必死だった。一度起こった感情はまた起こるかもしれない。鏡で自分の目を見るとき、ロスにお手軽な女だと思われた記憶に、顔をしかめるようなことにはなりたくない。「私……できない」

ロスは目を細め、長い間ケリーの顔を探っていたが、やがて急に彼女を下ろし、デスクに戻ってオニキスのたばこ入れを開いた。そしてライターでたばこに火をつけると、ひと息吸って、煙をふっと吐きだした。向きなおってケリーを見たとき、その顔は冷ややかだった。

「君はもう寝たほうがいい」

「わかってもらうまでは行かないわ」

ロスの眉が上がった。「何をわかるんだ？」

「私がなぜ今みたいな行動をとったか」

「それなら説明は不要だろう？　単純なことさ。君は僕と同じものを求めていた。でも気が変わったんだ。男が本気になるまで待ってから痛いところを蹴りあげるのは、女ならではのやり口だ。今回はそれですんだが、次はそうはいかない」

「そんなことじゃないわ。本当に違うの」

「もう寝ろと言っただろう」

　ケリーは困惑して彼を見つめた。行きたくなかったが、ここにいても仕方がない。「私たち、やり直せない？　初めから？　私はお父さまの信頼を売りとばすわけにはいかないけれど、お店については、できるだけあなたの視点で考えるように努力する」

「顧客のセルフサービスもか？」ロスがあざけるようにきいた。「それが唯一、見込みのある提案だ」

　ケリーは唇を噛んだ。「それは賛成できないわ」

「できないのか？　しないのか？」

「両方よ。それはアンドリューがこだわっていたことですもの。接客なしではシンクレアは死ぬわ」

「もう死んでいる。今は店員の接客などいらないと思っている若い世代がたくさんいるんだ」

「じゃ、どうするの？　社員を半分にするの？」

「社員は別の方法で活用する。君も報告書を読めばわかる」

「報告書なんて読みたくない！」先刻までの気持ちは今湧きあがった感情にかき消されてしまった。

「あなたの計画なんて知りたくない。それは実現しないからよ！　そんな路線ではね」

　ロスはたばこの煙越しにケリーを見た。「従弟たちが味方につけば、株の六割を握ることになる」

「あの人たちは私の同意なしにそんなことはしないわ。アンドリューがなぜ株を分けたか、あの人たちが気づかないとでも思っているの？」

「金がからむことになりそうだな。彼らが余剰収入に興味を示さないと思うのか？」

「ええ、シンクレアの名前が象徴するものをすべて犠牲にしてまではね。あの人たちもお父さまの年代よ。あなたにはわからない価値観があるのよ」

「でも君にはわかる」

「ええ、そうよ。そんなことまでしなくても、利益を増やす方法はたくさんあるわ」

　彼の口元がゆがんだ。「そんなに名案がたくさんあるなら、組織改革を取りしきったらどうだい？」

「そんなつもりはない。セルフサービス以外ならたいていのことには協力するつもりよ」

「いずれはセルフサービスにも賛成せざるをえなくなる。アンダーウッドを手放すなら別だけど」

「ミスター・ワトリングはそうは言わなかったわ」

「ほのめかしてはいた。ここの相続税はかなりの額になるし、それを払うために株を売ればほかの収入も減ることになる。父は自分の死後に何か手を打たなければならないとわかっていたはずだ」

「もちろんよ。必要な金額も計算していたはずよ」

「四年前にね。今は状況が違う」ロスはいらだって口元をゆがめた。「もう過去に生きるのはよせ」

「今よりいいわ」ケリーはあきらめ顔で彼を見た。説得しても無駄だろう。アンダーウッドを手放す必要が生じたら、アンドリューの守りたがったものをもっと犠牲にしなければならないかもしれないが、それまではがんばらねば。「おやすみなさい、ロス」

「ケリー」ドア口に向かいかけた彼女を、ロスが声をかけて引き止めた。「さっき言ったことは本気だ。君がほかの男に興味を示すのを見たら、僕がそれをぶち壊す」

　ケリーは振りかえらなかった。「やってみれば」

4

報告書ができあがるまでに一週間かかった。木曜の朝の二回目の取締役会でそれを配りながら、ロスが報告書の遅れについて謝罪した。

「思った以上に関連事項が多くて。議論に入る前にみなさんそれを読んでください」

「最近、目が悪くなって」従弟《いとこ》のひとりのジョン・バラットが言った。「要点を説明してくれないか」

「要点は、徹底した組織改革が必要だということです。ゆっくりできるものもあれば、急を要するものもあります。たとえば急を要するのは在庫管理。在庫のために現金の流れがかなり止まっています」

「シンクレアは常に在庫を切らさない」ジェイムズ・バラットが勝ち誇った顔で社訓を引用した。「客を手ぶらで帰すのは客を失うことなり！」

「効率のよい再注文のシステムがあれば、過剰な在庫をかかえる必要はありません」

「それは各売り場のバイヤーが決めることではないかね？」

「各売り場がばらばらなのも問題です。必要なのは、全体の売買の統括者を置いて、仕入れを指揮したり、適切な予算管理システムを作ったりすることです。たとえば毛皮ですが、現在一万七千ポンド分の毛皮が眠っていて、その多くはかなり古いものです」ロスの目がケリーをとらえた。「何か質問かい？」

「ええ。あなたはいつデトロイトに戻るの？」

「おいおい！」ジェイムズがぎょっとした声で言った。「それはぶしつけだろう」

ケリーは無表情で応じた。「そんなふうに聞こえたらごめんなさい。ただ、あなたは向こうの仕事を片づけるために戻らなければならないはずだから」

ロスは冷ややかに答えた。「そうさ。実は今夜発《た》つつもりだ。だから、ここで決めておきたいんだ」

「どれくらい向こうにいるの？」

「さあ。契約では退職一カ月前に届けを出すことになっているけど、それは何とかなるかもしれない」

ジェイムズがきいた。「取締役会に出るのか？」

ロスはほほえんだ。「あそこは家族経営の会社です。取締役会には出席しますが、株は買えません。それで思いだした。現在の総支配人はあと十一カ月で引退です。取締役会に重役がいることの利点を考えて、彼の後継者を会長にするべきだと思います」

「社内から選ぶということ？」ケリーはすでに答えを予測していた。

「それは避けたいね。昇進は権利ではなく勝ちとるものだ。現在の重役には、昇進に値する者はひとりもいない。今の仕事さえ満足に遂行できない者さえいる。定年退職の年齢を六十歳に下げて、役立たずの者を一掃できないのが残念だ。彼らは長く居すわりすぎて、時代に適応できなくなっている」

「それはどこまで適応するかの問題よ。あなたはすでに次の総支配人候補を考えているんでしょう」

「まさか。まだ一年もあるよ」

「それは男性でなければならないの？」

ロスがほほえんだ。「君が志願するか？」

「そういう意味じゃないわ」

「よかった。女性解放はここには必要ないからね。そう、たぶん次も男だろう。重役に適した女性はまれであるというのが唯一の理由だとしてもね」

ケリーには自業自得だった。過去数日の経験に照らして、そこまで自分の気持ちをあらわにするのは控えるべきだった。ふたりの関係は素手の戦いのようなものだ。ロスに武器は必要ない。すでに屈強な腕力がある。といっても、あれ以来彼が腕力を使おうとしたことはなかったが、代わりに剃刀《かみそり》のように鋭い舌鋒《ぜっぽう》でケリーをやりこめる。

ジェイムズ・バラットはそれをひそかに是認しているようだった。彼は女性がまだ控えめだった時代の人だ。つい数週間前にも、アンドリューに、ケリーは意見を言いすぎると言ったらしい。アンドリューはその話をしながら笑い、子供のころのようにケリーの髪をくしゃくしゃにした。〝君は私を補ってくれる〟義父は言った。今思えば、あのときなぜ、その言葉の重さに気づかなかったのか。彼は息子から得られない忠誠心と賛辞をケリーから得ていた。ケリーは彼の代弁者だった。でもそれはかまわない。ケリーは昔も今もアンドリューを信じている。そして彼の息子はその信頼を奪おうとしている。

「もちろん会長は君だ」ジェイムズの声で、ケリーは我に返った。「投票するまでもないと思うが」

「僕は乗り気ですよ」ロスが応じ、ケリーに向かって眉を上げた。

ケリーはジェイムズからジョン、そしてロスへと視線を移し、反論は時間の無駄だと認めた。従弟たちはケリーを会長に推しはしないだろうし、自分でもそれは望んでいない。今の状況では荷が重すぎる。

「あなたに決まりよ」ケリーは言った。

「ありがとう」

「どういたしまして」

ロスはちらりといらだった目を向けた。「気のきいたことが言いたいなら、もっと建設的な発言をしてくれないか？　ここはゲームをする場じゃない」

ケリーは赤面し、自分の非を認めて反論を控えた。言葉の対決になると、必ずロスに負ける。なのになぜ戦おうとするのか、自分でもわからない。

「アンケートは土曜日から始めて来週いっぱい続行します」ロスは続けた。「結果をまとめるのに少し時間がかかるけれど、うまくいけばいくつかアイデアが見つかるはずです。僕が戻るころには、計画を実行に移せるようになっている必要があります」

彼が戻るころ。初めてケリーは、ロスが向こうで手放すもののことを考えた。六年の間に友人もできただろう。もちろん家や仕事もある。向こうに戻ったら、彼は後悔するだろうか？　もし後悔しても、それで気持ちを変えはしないだろう。ロスの欲しいものは、ずっと求めていたものは、ここにある。

あの家でまたひとりになるのは妙な気分だろう。でもうれしい。この前の土曜の午後、ラリーに電話して約束を断ったのは、ちょっと考えすぎだったかもしれない。でも、あのときはまだロスの脅しにおじけづいていたのだ。でもラリーはそれに懲りず、昨夜の稽古のあとでまた誘ってきた。今度こそは誘いに応じよう。ロスがいてもいなくても。

次の会議はロスが戻ったときに開くということで、取締役会は終わった。従弟たちは報告書を持って出ていった。ケリーもそのあとに続こうとすると、ロスが呼びとめ、彼女が座っていた椅子を顎で示した。

「座ってくれ。少し話したいことがある」

ケリーは一瞬彼を見つめ、肩をすくめてから、彼の指示に従った。「どうぞ話して」

「その態度もそうだ。いいか、ケリー、家にいるときなら好きなだけ僕に噛《か》みついてかまわない。でも今度また人前でそれをしたら、僕は容赦しないぞ」

「なぜ？　あなたの大切な威厳が傷つくから？」

「傷つくのは君の威厳だ。君にはお仕置きが必要なようだ！」ケリーの目つきが変わるのを見て、ロスはむっつりほほえんだ。「ただの脅しだと思うな」

「もちろんよ。あなたならやりかねないわ」

「そうか。じゃ、挑発はよせ。いずれにせよ、僕らは一緒に働かないといけない」彼は間を置き、少し口調を変えた。「あの報告書を読んでみてくれないか？　提案の土台となるデータも載せておいた」

「提案どころじゃないでしょう？」ケリーは低い声で言った。「あなたは一気に総ざらいしたいはず」

「一気にではない。少しずつ進めなければならないこともある。スタッフの再教育には時間がかかる。若手のための救済計画も準備したんだ。いずれ新しい幹部になるのは若手だから。今の上司のやり方に従っているだけでは足りないよ」

「それには適応力が必要ね」

「ああ、そのとおりだ」

「適応力がないとわかった人はどうなるの？」

ロスの顎がこわばった。「それはそのときになったら考えよう。僕が戻るまでに少なくとも二週間はある。その間に優先事項を整理しておいてほしい」

ケリーは一瞬彼を見つめた。「本当にそんなに早く戻ってこられると思っているの？」

「今のところ、たぶん大丈夫だ。僕の後継者は、必要とあればすぐにでもあとを継げる能力がある」

「あなたのところの幹部はみんな男性でしょうね」

「いや、違う。女性はまれだと言ったけど、まったくいないわけじゃない。ちなみにうちの販売促進部長は女性で、しかもとびきり優秀だ」

「若いの？」

「二十八歳さ」ロスの目には皮肉な光があった。「きかれる前に言うけど、彼女は金髪に青い目の美女だ。でもそれで採用されたわけじゃない」

「あなたはただ通りすがりに目を留めたのね」

「目を留めないほうがおかしいよ。でも僕はだいぶ前に学んだことがある。それは仕事と楽しみを厳密に分けることだ。そのほうがずっと仕事がしやすくなる。たとえば君と僕は、仕事と私生活が互いに邪魔をしている。もし君がシンクレアにこれほど深く関わっていなければ、どれほど楽だったか」

「どう違うのかわからないわ」ケリーは淡々と言った。「どうせ私たちは犬猿の仲だったはずよ」

ロスがかすかに笑みを浮かべた。「犬猿の仲？」

「ほかにどう言えばいいの？」

「こっちにおいで。どう言うべきか教えてやろう」

ケリーは動かなかった。ロスのたくましい顎の線や、くつろいだ立ち方、目の前の椅子の背に置かれた両手を見ながら、その手の感触や、唇の感触を思いだした。心の一部では、素直に彼に歩みより、その腕に抱かれたくてたまらなかった。ロスに惹《ひ》かれていることは否定しようがない。それが理解できるような年齢になって以来、その思いはずっとあった。ロスがいない間もそれは心の底に眠っていて、ほかの異性との恋愛を妨げた。ロスに匹敵する人などいなかったからだ。再会した今、その思いは耐えがたいほどに強まっている。今ここで屈服し、店も自分もあなたの好きなようにしてかまわないと言ってしまいたかった。ケリーはロスを愛し、求めている。でも彼の父親に受けた恩義がそれを許さない。

「ケリー？」ロスの声音があざけりからさらに親密なものになった。彼はケリーを見つめたまま身を起こした。「君が来ないなら、僕が行くしかない」

「やめて、ロス！　二度と私に触れないで！」

「いや、君も求めているはずだ」ロスはケリーを立たせ、彼女の腕に両手の指を食いこませた。「この件がなければ、僕らは自由に楽しめたし、自分で決断できたはずだ」片手でケリーの顔に触れ、頬の線をなぞって彼女の体を震わせる。「君と愛し合いたい。この前の晩もそうしたかった。君も同じだったはずだ。ただ、父が残したこの問題がある限り、本当に関係を深めるのは不可能だ。わかるだろう？」

「ええ」ケリーの声はかすれていた。「わかるわ」

「だったらもっと賢くなって、僕と戦うのをやめるんだ」

「それは……できないわ。任されたんですもの」

「もちろんそうだろう。でも父が君をこんな立場に置いたのは間違いだ。古い秩序は父とともに死んだ。一からやり直すときだ。僕らにはこれ以上古い考えに浸っている余裕はない。シンクレアは十分以上の利益を上げなければならないんだ」ロスの手がケリーの顎を持ちあげ、唇が重なった。キスはしだいに熱を帯び、ケリーの反応を引きだした。やがてロスが顔を上げたとき、その顔には笑みが浮かんでいた。

「君が十五歳のころ、裸の姿を見かけたことがある。女らしい体つきになりはじめたころで、小さなりんごみたいな、きれいな胸だった。今はもっとふくよかだが、弾力は変わらない。もう我慢できない！」

「ロス……」ケリーは彼に触れてほしくてたまらなかった。でも……。「誰か来るかもしれないわ」

「ドアに鍵をかければいい」

「だめよ」ケリーは彼の手をつかんで押しのけ、目を合わせずにブラウスのボタンをはめた。「こんな、こんなことをされたら、まともに考えられない」

ロスは笑い、ケリーの手を自分の唇に押しあて、もう一方の手で彼女を抱きよせた。「君は複雑だ、ケリー。あんなに素直に反応するくせに、なかなか自分を解放したがらない。まだ未経験なのか？」

ケリーはむっとした。「いけない？」

「いや。僕はうれしい。利己的であれ何であれ、ほとんどの男は自分が結婚する女性にとって最初で最後の男でありたいと思うものさ」彼はケリーが急に身動きをやめたのを感じ、その顔を見た。「結婚はそんなにまずい考えかな？」

「ただシンクレアの名前で株を維持するために？」

ロスは顔をしかめた。「あれはひどい言い方だった。君を動揺させたかったんだ。でも今は忘れてくれ。話したいのは僕らのことだ。まだわからないけど、僕らはうまくいきそうな気がする」

「結婚はセックスだけではないわ」

「だろうね。でもセックスが重要でないとは言わせない」ロスは間を置き、彼女の顔を探った。ケリーの頬が赤らんだ。「今夜、出発するのが残念だ」

「私はうれしい」ケリーは精一杯演技をした。「あなたといると私の良識がだんだん崩れていくから」

「僕らがもめてきたあのことも含めて？」

「ええ」ケリーはため息をついた。「それもよ。私はあなたと戦いたくないわ、ロス」

「もう戦う必要はない。何に関しても。ただ僕の判断を信じてほしい。自分の言っていることはわかっているつもりだ」ロスは再び軽くキスをすると、いかにもしぶしぶといった様子でケリーを遠ざけた。

「君の言うとおり、今はそのときでも場所でもない。僕が戻ったら、すぐに計画を立てよう」

「そんなにすぐに？」

「もちろんさ。何を待つ必要があるんだ？」

〝愛よ〟と言いたかったが、言えなかった。ロスはいかにも男らしく、たぶん言われたとおりに受けとめるだろう。でも今まで彼が口にした言葉には、さほど深い感情は感じられなかった。そう、彼はケリーを愛していないかもしれない。でもこれからも愛さないとは限らないし、少なくともその予感はある。

「なぜ今日発つことを言わなかったの？」ケリーは彼の質問をかわした。「どうしてそんなに急に？」

「いや。ここ数日は言う気になれなかったんだ」ロスはケリーから離れ、書類をブリーフケースに入れはじめた。「君があんな気分では、僕を厄介払いして大喜びしそうな気がしてね」

「あなたのせいよ。この一週間、まるで私をなぐることしか考えていないみたいだった」

ロスは一瞬にんまりした。「欲求不満しかなかった。仲間にできないなら、打ちのめすだけさ！」

「今度はいやみを言うのね」

「違う。もしそうだとしても、自分に言っているんだ」ロスはブリーフケースをかちっと閉じて彼女を見た。「これから二週間、その挑発が恋しくなる」ケリーは震える声で言った。「一緒に行けたらいいのに」彼の灰色の目がきらめくのがわかった。

「僕もだ。でもそれでは解決にはならない。僕はほとんど仕事に拘束されるから。近いうちに君を連れていって、僕が話していたことを見せてあげるよ」

「そしてついでに後継者をチェックするの？」

ロスは笑った。「それもあるかもしれない。君と一緒に見に行くことになるだろうが、僕自身がどうしたいのかはわからない」

ケリーは話半分で聞いていた。どんなに親しくなっても、ロス・シンクレアという人はすべてを語ろうとはしないのだろう。そうすべきだ。人は自分の心をすべて人にさらけだすべきではない。それでは遠慮がなさすぎる。

「三時半だ」彼が壁の時計を見て言った。「飛行機は九時に出発だから、あと五時間ある。家に帰って荷造りをして、八時半には空港に着けるだろう。食事は途中でとるよ」彼の目がケリーの顔から、今閉じたばかりのブラウスの胸元にそれた。「一緒に帰ろう、ケリー。アンダーウッドにってことだけど」

帰ると言いたいのはやまやまだったが、何かが押しとどめた。「それは賢明ではないと思うわ」

ロスは肩をすくめたが、その顔は不機嫌ではなかった。「かもしれない。飛行機に乗りおくれることになるかもしれない。帰ってからのお楽しみだな」

ケリーはためらった。彼の顔を探ったが、探しているものは見つからなかった。「ロス……」

「心配しないで」ケリーの表情を読みとって、ロスは優しく言った。「君が与えられる以上のものは期待しないから。昔ながらの初夜を待つのも君の自由だ」今度は彼がためらった。「君は派手な結婚式は望まないだろう？ 僕らは家族もあまりいないし」

「ええ、もちろんよ」ケリーは言いたいことをどう言えばいいのかわからず、唇を噛んだ。「ロス、あなたは……急ぎすぎていると思わない？」

「結婚についてか？」ロスはブリーフケースをデスクに戻し、再びケリーを抱きよせて、その頬に顔をつけた。「どうすればわかってくれるんだ？　僕は君と結婚したい。君は僕と結婚したいのか？」

「それは……したいわ」

「確信がないようだな」

「いいえ。ただ、あなたに後悔してほしくないの」

「僕は後悔はしない。君もね。これは父も望んでいたことなんだ」

　ケリーは少し身を引き、彼の顔を見た。「どうして断言できるの？」

「父を知っているからさ。君が思う以上にね」ロスの口元が一瞬こわばったが、すぐにまた緩んだ。「父はたぶんずっとこれを望んでいたんだよ。十六歳のころから、いつも君をほめちぎっていたから」

　ケリーは鼻にしわを寄せた。「あなたにとっては腹立たしかったでしょうね」

「ああ。君が美しい女性に成長しつつあることは、四六時中言われなくてもわかっていたから。あのころ僕が意地が悪かったとしたら、単に自己防衛さ」

　ケリーはほほえんだ。「ときどき耐えられないほどだった。あなたに災難が起こりますようにって、いつも祈っていた」

「でも、今は違う？」

「ええ。少なくとも今この瞬間は」

「つまり、またそうなることもありうると？」ロスはおかしそうに言う。「気をつけよう」彼は肩越しに再び時計を見た。「もう行かないと。まだ荷造りもしていないし。あの家にひとりで大丈夫か？」

「もちろんよ」ケリーは彼にしがみつきたい思いを抑え、控えめにキスをした。「気をつけて、ロス」

「うん」ロスは素早くキスをしてケリーを放した。

「じゃ、二週間後に」

ロスが去ったあと、ケリーはしばらくそこに立ったまま気持ちを整理しようとした。つい先刻までいがみ合っていたふたりが、今は婚約者になってしまった。あまりにも急な展開で、考える暇もなかった。でも今後二週間、考える暇があるかといえばそうでもない。そんなとき、ロスがいないのは幸いかもしれない。お互いに考え直せるから。ロスがどれほど否定しても、ケリーの株は結婚の動機に含まれているはずだ。それは結婚の理由として理想的ではない。

ケリーは六時半に人けのない家に戻り、急いで軽い食事を準備してキッチンで食べると、報告書とコーヒーを持って書斎に移動した。そして大きな革張りの椅子に座り、読みはじめた。

最初にざっと読んでから、次にもっと時間をかけてじっくり読んだ。現在のやり方を壊し、新しい方法を作りあげることについて、驚くほど細かく書いてある。しかもすべてが具体的だ。灰の中から不死鳥のようによみがえるシンクレア百貨店が目に浮かぶようだ。しかしセルフサービスの項目を読んで、ロスの腕の中で忘れていた疑念が浮上してきた。彼の言うとおりに進めば、味けない効率一点張りの店しか残らない。アンドリューの思いをよくわかっていながら、その期待を裏切れるだろうか?

ラリーにはまだ事情を説明する気になれないので、彼との約束を断るのは容易ではなかった。だからケリーは約束を守った。ふたりが観《み》たかった映画はまだ上映されていて、それを観ている二時間ほどの間、ケリーは悩みを忘れることができた。

映画のあと、ラリーの提案で、ふたりはタウンセンターの近くの小さなフランス料理店に向かった。ケリーはそんな店があることも知らなかった。

「オニオンスープは本格的だよ。シェフは若いけど、二年ほどフランスで修行して、それから共同経営でこの店を開いたんだ。きっと君も気に入るよ」

　そのとおりだった。雰囲気は本場のビストロのようで、食事もラリーが言ったとおりすばらしかった。ケリーはためらったが、ラリーは食事と一緒にワインも飲みたがった。

「お祝いみたいなものさ。僕らの初デートの。これからも何度もあることを祈るよ」

　そこで言うべきだったが、なぜか言えなかった。三日前の会議室での出来事が幻のように思えた。ロスからは何の連絡もない。旅人から便りがないのはよい知らせと言うけれど、無事に着いたと電話するだけなら、大した時間はかからないはずだ。

「公演まで二週間足らずだけど、それまでに仕上がるかしら？」ケリーは話をはぐらかした。

「君が言いたいのは、君が仕上がるかということだろう」彼はほほえんだ。「もちろんさ。コックニーなまりが今ひとつだけど、それ以外は万事順調さ」

　ケリーは笑った。「適切なところでエイチの音をはぶいて、余計なところに入れるのがこんなに難しいなんて。まるで外国語を習っているみたい。でも私が言いたかったのは劇団全体のことよ。昨日はひどかったわ」

「おい！　責任者としてその言葉は聞き捨てならないな！」そこでラリーも笑い、肩をすくめた。「ときにはうまくいかない晩もあるよ。今までもあったし、これからもきっとある。でも火曜日の稽古には心して来たほうがいい。さもないと首が飛ぶぞ！」

「まるでヘンリー八世ね」

「きさま、よくもわしをばかにしたな！」

「ほんの冗談でございます、王さま」ケリーは彼と目が合い、ほほえみかえした。こういう気分のラリーは好きだ。「いつか史劇もやったらどう？」

「みんなに提案してみよう」ラリーの目に何か不可

解な表情が浮かんだ。「僕たち、もっと早くこうするべきだったな。なぜしなかったんだろう？」

「あなたが誘わなかったからよ。実際、あなたはヘザー・ワイアットと深い仲なのかと思ったわ」

「それは違う。一時期よく一緒に出かけたけど、それだけだ。ヘザーは僕が真剣につきあいたいタイプじゃない。結婚ということになると男は……注文が多くなる。容姿だけでなく知性も備えた女性が欲しい。尊敬できる、誠実な女性がね。もちろんそういう女性も選《え》り好みは激しいけど、それは当然だよ」

自分がもてるから言えるのよ、とケリーは思ったが、すぐにそんな自分を恥じた。最近、すぐひねくれた見方をするようになった。やめなければ。

それからは世間話になった。ラリーが再び個人的な話を持ちだしたのは、車が家の前に止まったときだった。

「君はすばらしい人だ、ケリー。今夜はすごく楽しかった。来週はかなり忙しくなるけど、そのあとでまた一緒に出かけよう」彼はケリーの返事を待たずに身を乗りだして頬に軽くキスをした。「この時刻だから中には入らないよ」短い間があった。「ところで、君の義理の兄さんから連絡はあったかい？」

ケリーは表情を変えずに首を振った。「きっと忙しいのよ。ああいう仕事を辞めるのは大変だから」

「でも、そうするだけのかいはあるんだろう。噂《うわさ》では、店全体をそっくり変えるそうだね。そろそろ潮時だろうね。ちょっと古くさくなっていたから」

「そうでもないわ。古いままなら続いていないわ」

「ああ。でも現状と可能性の間に大きな開きがある。お義父《とう》さんが可能性を見なかったのは残念だね」

「見たけれど、それを拒否したのよ」

「だったら近視眼だったんだな。いくらメドフィールドでも、時代とともに変わらざるをえない」ラリーはケリーの横顔を観察し、妙な声で言った。「君は彼のやることを妨害するつもりじゃないよね？」

　つまりラリーは店でのケリーの立場を知っているのだ。そう気づいてなぜこんなに気持ちが沈むのか、ケリーは自分でもわからなかった。

「今は眠ること以外何も考えていないわ」ケリーは努めて軽い口調で言った。「もう遅いわ、ラリー」

「もちろんさ」ラリーは彼女が車から出るのを見まもった。「大きな家にひとりで怖くないかい？」

「大丈夫よ」でもみんなにそう言われつづけたら、怖くなりそうだった。「アンドリューは警備に周到だったの。窓とドアにはすべて特別な鍵がついているし、警報装置は警察署につながっているわ」

「よかった。君に何かあったらいやだから。中に入って無事だったら、寝室の窓から手を振ってくれ」

「無理よ。寝室は反対側よ」ケリーは階段の前で振りむき、手を振った。「おやすみなさい、ラリー」

ラリーは彼女が中に入るのを見とどけてから車を出した。その音を聞きながら、ケリーは彼の立場をはっきりさせなかったことを後悔した。でも、と彼女は思った。私自身ははっきりしているの？　私は結婚するつもりなの？　もうロスの気持ちどころか、自分の気持ちさえわからなくなってしまった。

　ちょうど浴室から出たとき、電話が鳴った。ロスだわ、とケリーはとっさに思った。でも、もし彼なら時差を考慮するだろう。ケリーは走って寝室に入り、息を切らしながら受話器を取った。

「もしもし？」

「あなた、ケリー・レンダル？」女性の声が言った。聞き慣れないなまりがある。

「ええ」ケリーは驚いてきいた。「どなた？」

「あなたは知らないわ。ロスは話してないはずだから」苦い口調だ。「あなたが結婚する前に、彼がどんな人か知らせるべきだと思ったの。六カ月同棲《どうせい》した相手を路上に放りだすような男をどう思って？」

ケリーの中で何かが凍りついた。「あなたは誰？　何を言ってるの？」

「私の名前はマーゴット・キルケリー。ロスにきいてごらんなさい。きっとやましい顔をするから！」

「私は信じないわ」ケリーの声は震え、顔は真っ青だった。「こんなの作り話よ！」

「事実は作れないわ。彼は私と住んでいたのに、こっちに戻ってすぐ、私を追いだしたのよ。彼のお父さんが死ぬまで、私たちは結婚する予定だった。あの知らせが届いたときも、休暇で一緒にいたわ」

ケリーは気を取りなおした。「どうしてこの番号を知ったの？」

「町と家の名前は知っていたから、国際電話のオペレーターに頼んだのよ。とにかく、つながったわ」

「私にどうしてほしいの？」かぼそい声が出た。

「それはあなたが決めることよ。あなたに無理やり彼をあきらめさせることはできないわ。でも事実は知らせるべきだと思って」

「私があきらめても、彼はデトロイトを去るわ」

「あなたと共有している遺産のために？　ええ、聞いたわ。あなたが彼のものであるはずの株をあげれば、彼は結婚する必要はなくなるわ。すでにそんなに持っているのに、なぜあなたを愛してもいない男と結婚したいの？　あなたがいなかったら、彼は私をそっちに連れていったのよ。よく考えてみて」

かちゃりと受話器を置く音がした。しかしケリーは受話器を頬に当てたまま動かなかった。相手の言葉が事実であることは間違いない。その声は確信に満ちていた。ロスは彼女にすべてを話していたらしい。結婚の本当の理由も。その打算が痛烈だった。なぜそんなことができるの？　私にも、マーゴットにも。いったい彼はどういう人なのだろう！

やっと受話器を置いたあと、どれくらいベッドの縁に座っていたかわからない。頭は混乱していた。

ロスと話したい気持ちがしだいにつのっていく。それでどうなるかわからないが、ロスと直接話し、この気持ちが冷めないうちに、彼に対する軽蔑と憤慨の気持ちを伝えなければ気がすまない。

アンドリューの死後、書斎で見つけた手帳にロスの住所が書いてあった。ケリーはそれを探しだしてデスクの上に置き、電話に手を伸ばした。

必要な情報を得るのに数分かかった。予想どおり、交換手を通さずに直通でデトロイトまでダイヤル通話ができた。長い番号で、二度目でやっとつながった。接続が変わる、かちっという音が何度もしたあと、長い沈黙があり、やがて呼び出し音が聞こえた。

電話の横にでもいたのか、ロスはすぐに出た。

「シンクレアです」彼は言った。

ケリーは口と喉がからからだった。痛みをこらえて唾をのみ、何とか声を出した。「ケリーよ」

「ケリー？」ロスは驚いたようだ。「そちらは夜中の二時ごろだろう！　いったいどこに行ってたんだ？　三時間くらいずっと電話していたんだよ」

「映画に行っていたのよ」ケリーは正直に答え、そして間を置いた。「でもロス、なぜ電話したの？」

「なぜだと思う？　君と話したかったからさ。もっと前にそうしなかったのは悪かったけど、忙しくてね」ロスの声には妙な響きがあった。「ケリー、君は大丈夫か？　何だか声が変だよ」

「ええ、私は元気よ。きっと電話のせいよ」勝手に言葉が出た。「いつごろ帰れそう？」

「わからない。少し問題があってね。でも大したことじゃない。うまくいけば今月の半ばには帰れるだろう」またロスの声が変わり、さらに親しげな口調になった。「会いたいよ、ケリー」

「私もよ」その言葉を口にするのは切なかった。

「店は万事順調かい？」

「ええ」やっぱり。ロスが本当に聞きたいのはそれなのだ。「アンケートは予定どおり今朝から始めて、反応はよかったみたい。そうだ、フロアの賃貸について問い合わせがいくつか来ていたわ。あなたがそこまでしていたなんて知らなかったわ」

「ちょっと手を伸ばしてみただけさ。相手の興味を刺激しても害はないからね」

　そう、害はない。ケリーは急にそれ以上耐えられなくなった。「もう切るわ、ロス。遅いから」

「ああ、わかってる。もう寝たほうがいい」声には笑みが感じられた。「僕もそこにいられたらいいのに。おやすみ、また連絡する」

　ケリーはそっと受話器を置き、一瞬それを見つめて自分を罵った。臆病者！　ここでつっ立って、何事もなかったかのようにロスと話をするなんて。今さら電話で責めるわけにもいかない。彼が帰ってくるまで待って、面と向かって話すしかない。でもそれまでどうやって過ごせばいいのだろう？

5

　劇団の公演は三日とも大好評のうちに幕を閉じた。出演者たちは有頂天だった。

「もちろん今夜の主役はケリーだよ」公演後の打ち上げの席でトム・コッテリルが言った。「殻を破るとはこのことさ！　君は本当にすばらしかった！」

　ほかの面々も賛同し、ケリーはうれしさと恥ずかしさで頬を染めた。隣に座っていたラリーが少々我が物顔で彼女の肩に腕をまわし、にっこり笑った。

「同感だよ。君の演技は秀逸だった。予想以上にね。この一週間で何があったんだ？　以前も才能の片鱗《へんりん》は見えていたけど、これほどではなかった」

「たぶん土壇場になって役に入りこみはじめたんだ

と思うわ」ケリーは言った。本当のことを言ったら、みんな何と言うだろう？　イライザ役に没頭したのは、ほかのことを頭から締めだすためだったと。公演が終わった今、もう逃げ場はない。パーティのために団員をアンダーウッドに招いたのはそのためだ。明日になったら、ロスが戻ったときのことを考えよう。今夜はそのことは考えたくない。

誰かがプレーヤーで新しい曲をかけ、音楽の雰囲気に合わせて明かりをふたつ消した。ラリーがそっと言った。「踊ろう、ケリー」

彼に抱きよせられても、ケリーは抵抗しなかった。今は頼れる人が必要だ。ここ数週間、ラリーは優しかった。彼とは興味も似ている。ケリーをデートに誘った最初の動機が何であれ、今彼が心からケリーとの時間を楽しんでいるのはわかる。

「君が誇らしいよ」ラリーが耳元でささやいた。「きれいで、賢い僕のケリー。僕らは今まで時間を無駄にしてきたが、これからそれを取りもどそう」

「あなたがそうしたいのなら」ケリーが言うと、彼は笑った。

「もちろんさ！　一緒に楽しい時間を過ごして、お互いをちゃんと知り合うんだ。僕らは興味も似ているし、外見もお似合いだよ。そう思わないか？」

ケリーは少し首をひねってドアの横の鏡を見た。自分の赤い髪に寄りそう彼の金髪を見て、急に切なくなってきた。「ええ、そうね」

ラリーがキスをしているとき、ロスが入ってきた。部屋の雰囲気が一変したのを感じて、ケリーは身を引いた。ドア口に立っているロスの姿を見たとき、時間が巻きもどされたような気がした。ロスの顔は無表情で、目は鋼のように冷たい。

「何かのお祝いか？」ロスが自然な笑顔できいた。その奥に緊張を感じとったのはケリーだけかもしれない。「きっと芝居が成功したんだね？」

　ケリーは何とか気を取りなおし、そつなくみなを紹介することができた。年配の団員の中にはロスの知人もいて、熱心に彼を迎えいれた。ロスはすぐにその場になじみ、それから一時間ほど人々の問いかけに快く応じ、ケリーに対してはときどきちらりと目を向けるだけで、心の内をあらわにはしなかった。

「もうずっとイギリスにいらっしゃるの？」ロスのそばに座っていた女性が下心のありそうな顔できいた。「大西洋をまたいで通勤はしないのね？」

「通勤はしない」ロスは女性にのんびりほほえみかけた。「ここに根を下ろそうと思ってね」

「シンクレアを再編するそうですね」ラリーが言った。「ずいぶん大がかりな仕事だな」

　彼はケリーの肩に軽く手を乗せていた。ロスの灰色の目が一瞬その手に留まった。「時間はかかるだろう。こういうことは大概そうだ。これから数カ月は忙しくなる」ロスは手の甲であくびを抑え、顔をしかめた。「失礼。十二時間ずっと乗り物に乗っていたから。失礼して、先にやすませてもらいます」

「僕らもそろそろ帰ろうと思っていたところです」ラリーが察して言った。

　みなが帰り支度をするのに二十分ほどかかった。ロスのそばにいた女性は去りがたい様子だった。

「あなたにあんなすてきなお兄さんがいたなんて知らなかったわ」彼女は戸口でケリーにささやいた。

「劇団に誘えないの？」

「たぶん無理ね。興味の方向が違うから」

「その辺のこと、今度教えて」女性はにっこり笑った。「おやすみ、ケリー。今夜はありがとう」

　ラリーがいちばん最後まで戸口にとどまった。

「次の公演についてミーティングが始まるのは二週間後だ。それまでにまた会えるよね？」

「もちろんよ」ロスが客間で待っていることを思うと、ラリーにいてほしくもあり、帰ってほしくもある複雑な気分だった。「電話して、ラリー」

そんなふうにかわされて、ラリーは少しむっとした顔になった。「火曜の晩はどうだい？　パイドパイパーで食事をしよう」

「いいわね」そのときのケリーは、どんな誘いにも同意したい気分だった。「じゃ、火曜日に」

ラリーは素早くキスをした。そしてケリーの素っ気ない反応について何か言おうとしたようだが、言わずに去っていった。ケリーは扉を閉め、そこに寄りかかった。それまでの一時間で、イライザを演じた三日間よりもずっと消耗した気がした。ロスがいきなり現れるなんて、予想もしていなかった。

ケリーは目をつぶり、ロスの顔を思いうかべながら、彼に何と言おうかと考えた。目を開けると、客間のドア口に彼が立ってケリーを見ていた。口元をきつく真一文字に結んでいる。

「いったい何のゲームをしているんだ？　火曜だろうがいつだろうが、君は誰ともどこにも行かせない！」彼は眉根を寄せてケリーの答えを待ったが、彼女は答えなかった。「ケリー、何か言うんだ！」

ケリーの声は小さかったが、この二週間で積もりに積もった思いがすべてこもっていた。「本当にあれでうまくいくと思ったのね、ロス？　ここに戻って指を鳴らせば、私が喜んで言いなりになると？」

彼の顎がこわばった。「いったい何の話だ？」

「私の株の話よ。あなたは会社を支配するためなら何でもするんでしょう。いざとなれば結婚だって」

「それでどうやって支配するんだ？　結婚で自動的に妻の財産が夫のものになるのは大昔の話だ」

「でも妻が夫に夢中だったらそうなるわ。少し前に、あなた自身がそう言ったんじゃなかった？」

「そうかな。覚えていない」ロスは彼女を見つめた。「君は僕がどこまでやるかを見るために、わざと僕に合わせて演技をしたと、そう言いたいのか？」

「どう思う？」

「僕が思うに、君は何らかの理由で嘘《うそ》をついている。その理由を突きとめてやる」

ロスはさっとケリーを抱きあげ、階段に向かった。

「君が嘘をつかなくなる場所がひとつだけある」

ケリーは必死で抵抗をこらえた。腕力では太刀打ちできない。ロスの顔を見ると、絶望的な気分になった。いったん彼に抱かれたら、私はすべてを忘れてしまう。ロスもそれを知っている。彼を止めるには、すべてを話すしかない。でもそう思うと身がすくんだ。ロスの顔にやましげな表情を見て、やはり事実だったと知るのは、あまりにもつらすぎる。

階段を上るとすぐケリーの部屋がある。ロスは明かりもつけず部屋に入り、息が止まるほど乱暴に、彼女をベッドに下ろした。そして上着を脱ぎ、体を重ねてくると、両手で彼女の手を押さえつけた。

ロスの唇が口を覆い、ケリーの体から反応を誘いだした。それほど手荒に扱われても、ケリーは彼が欲しかった。ロスは彼女の五感を圧倒し、抑制を溶かし、激しい渇望を引きおこす。でもそれは愛ではない。あんなことをする人を愛することはできない。

「マーゴットにもこんなことをしたの？」ロスの唇が口から喉へと移動したとき、ケリーはかすれた声で言った。ロスの体がこわばるのがわかった。彼が話しだすまでに、長い時間がたった気がした。

「どうしてマーゴットを知ってるんだ？」

その瞬間まで一縷《いちる》の望みにすがっていたのだろう。ロスが否定しなかった今、屈辱が一気に襲ってきて、ただ彼を傷つけることしか考えられなくなった。

「本人から聞いたのよ。あなたの同棲《どうせい》相手から！　ある晩いきなり電話してきたの。あなたが私と結婚する理由まで知っていたわ。彼女が傷つかないようにそこまで話すなんて、優しいのね！　何にしろ愛情よりもずっと大事なことがあるんですものね？」

ロスはそこで顔を上げ、ケリーを見た。その冷たい目に謝罪の表情はなかった。「君が僕に電話してきた晩か？　なぜあのとき言わなかったんだ？　そのために電話してきたんだろう？」

「そうね。でも、いざとなったら話せなかった」声が震えた。「あなたは言い訳さえしないのね！」

「言い訳はしない。僕は彼女と一緒に住んでいた。というより、彼女が僕の家に住んでいた」

「何てことを！」ケリーは彼の下から逃れようとしたが無理だった。「あっちへ行って、ロス！」

「僕は動きたいときに動く」ロスは冷酷に言い、手にいっそう力をこめた。「確かに君に話すべきだったかもしれない。でも話さなかったのは、君がこんなふうにしか受けとらないと思ったからだ」

「ほかにどう考えられるの？　どう感じればいいの？　あなたは彼女と結婚するはずだったのよ！」

「違う。彼女がそう言ったのなら、それは嘘だ」

　ケリーはロスを見あげ、灰色の目の奥にある彼の心を読もうとしたが、できなかった。「彼女はそう信じていた。あなたが信じさせるようなことをしたからよ。お父さまが亡くなったとき、ふたりで休暇中だったそうね。だから連絡がつかなかったのね」

「ああ、ひとつには。僕は事を容易にするために何日か彼女を連れだした。それだけだ」

「何を容易にするために？」

「もう終わったと彼女に告げるためさ。僕の側ではだいぶ前から終わっていたが、それを彼女に伝えるのはまた別だ」ロスは急に起きあがり、あきらめたように髪を手ですいた。「無駄だな。たとえ一カ月話しつづけても、君は理解しないだろう」

「そのとおりよ」ケリーは片肘をついて起きあがった。体が無感覚になり、感情がなくなったような気がした。「あなたは彼女が欲しくて一緒に住まわせ、飽きたから追いだしたのよ！　本当に打算的だわ。

あなたは、少なくとも体のうえでは、女のことをよく知っていて、それを都合よく利用したのよ。でもそのゲームに乗らない女がここにいるわ。何のためにもならないからよ。月並みな言い方だけど、それが私の感想よ！　あなたにあの株は渡さない！」

「株なんかどうでもいい」ロスが乱暴に言った。彼は膝に片肘をつき、その手を髪に差しこんでいるので、顔が見えない。「何度言ったらわかるんだ！」

「自分の罪悪感を私にぶつけないで！」彼が険しい顔で振りむいたので、ケリーは思わず身を引いた。

「いいかげんにするんだ、ケリー。独善的な態度では何も解決しない」

「独善的じゃないわ！」

「いや、そうだ。しかも報復まで考えている。女にはありがちだがね。君は僕と戦うつもりだろう？」

　ケリーは彼が憎かった。「あなたが気になるのはそこだけ？　マーゴットも私も何でもないのね！」

　一瞬、灰色の目に何かが燃えあがり、やがて消えた。「君がそう思いたいなら。でも君が僕と結婚しなくても、僕が言ったことは変わらない。君がほかの男とつきあおうとしたら、僕が妨害してやる」

「私が言ったことも変わらないわ。どうぞやってみれば！　さあ、もう出ていって！」

　ロスは長い間ケリーを見つめていたが、やがて手を伸ばして彼女を乱暴に抱きよせた。ケリーがもがくのをやめ、彼女の体がなすすべもなく反応しはじめたところで、ロスは顔をあげ、あざわらうような目で彼女を見た。

「君の高潔な理想にもかかわらず、僕には唯一この方法がある。でも今は抱かない。このまま君を置きざりにすれば、あとでもっといいものが手に入る」

　ケリーは彼が立ちあがるのを見ていた。彼の名を呼び、両腕を差しだして、戻ってきてと言いたかった。今このとき以外すべてを忘れたかった。でも言葉が出なかった。ロスは部屋を出てドアを閉ざした。

ケリーが動けるようになるまでしばらくかかった。いたるところに傷を負ったような気分だった。身も心も。ドレスは縫い目が破れている。それを脱ぎすて、床に落として蹴ちらした。ひどい人。私をこんな気分にさせるなんて。それも、あんなことがわかったあとで。でも彼にその力があることは事実だ。これからケリーはその力とも戦わなければならない。

ひとつだけ確かなのは、株がどうなろうと、ロスはマーゴットとも結婚しないということだ。彼はふたりを利用した。彼はケリーが自分に惹《ひ》かれているのを察し、その気持ちを巧みにあおりつづけた。シンクレアを支配するために。それは彼が国外でふくらませてきた野望で、もうすぐ実現しようとしている。でもそうはいかない。戦おう。アンドリューのためにも、人の感情を踏みつけにしてすまされはしないとロスに気づかせるためにも。

長い夜だった。あまり眠れないまま、ケリーは七時過ぎに起床し、そっと家を抜けだして、二時間ほど朝の澄んだ空気の中を散歩した。これからロスと同じ家に住むのはつらそうだ。でも、もし出ていけば、家の権利の半分を失うことになる。あるいはふたりとも失うのだろうか？　遺言には、毎年九カ月と書いてあった。奇妙な条件だ。なぜそんな条件をつけたのだろう？　アンドリューがふたりをできるだけ近づけたがっていた事実からすれば、答えは明らかだった。でも、ごめんなさい、アンドリュー、うまくいきそうにないわ。今もあなたを支持してはいるけど、ロスと結婚はできない。

勝手口から家に入ると、ロスがハムエッグを作っていた。彼はちらりとケリーを見やり、その目の下のくまを見てかすかに口元をゆがめた。

「君も食べるか？」

「食べたければ自分で作るわ、ありがとう」

「子供じみたまねはよせ。仲がよくても悪くても、僕らは一緒に住んで働かなくちゃならないんだ」

「年に九カ月だけね」ケリーは急に決断した。「残りの三カ月は別よ。この状況では、私がその三カ月を利用して今すぐ出ていっても文句はないはずよ」

答えは冷ややかで残酷だった。「どこにも行かせはしない」

「私を止めることはできないわ」

「そうかな？」ロスは温めた皿にハムを移し、手首のひねりをきかせて卵をフライパンの縁で割ると、片手で器用に中身を落とした。「今にわかるよ」

ケリーは同じように冷ややかな声で言った。「寂しくなるのがいやなら、マーゴットを呼べば」

ロスの顎がこわばった。不吉な予感がした。「君は潮時ってものを知らないな」

「あなたは知ってるの？」

「ああ。昨夜はそうした。少なくとも当面は」

「それで？」

「言ったとおりだ。嘘はない。もし君がここから出ていこうとすれば、僕らの関係が誰の目にも明らかになるようなやり方で連れもどす。君があの演出家とあまりに頻繁に会うようになっても同じことだ」

「ラリーはあなたより私を信じるわ」

「そうかもしれない。試してみようか？」

ケリーは途方に暮れて彼を見た。「ロス、そんなことを言って何になるの？」

「説得だよ。あの三割の株を僕に譲るなら、君が何をしようと君の自由だ」ロスは皿をテーブルに運び、腰を下ろすと、ナイフとフォークを取りながら眉を上げてちらりとケリーを見た。「なぜ黙るんだ？それが僕の望みだってことは知っていただろう」

知っていることと、わざわざ念を押されることとは大違いだ。「卑劣な豚」ケリーはつぶやいた。

「今度そんなふうに言ったら、それなりにふるまわせてもらう」灰色の冷たい目がケリーの全身をなぞった。「思いださせる必要があるときはいつでも」

返す言葉がなかった。少なくとも助けになるような言葉は。感情の反応は意志の力で止められるとしても、もし昨夜のようにロスに抱きよせられたら、体の反応は止められない。その弱さを彼もよく知っていて、いざとなれば喜んでつけこむつもりでいる。

ケリーは彼を残して自室に戻ると、ベッドに身を投げだし、頭を整理しようとした。そのうち、もし戦うなら今から始めるしかないという気持ちが徐々に固まってきた。ロスの言葉に動揺して少しでもおじけづいたら、戦う前に負けてしまう。

ふたりはその日の午前中は休戦状態を保った。ケリーはふたり分の昼食を作り、自分の分をトレーに載せて寝室に運んだ。ロスのあざわらいに立ち向かう気になれなかったからだ。再び階下に下りたときには、ロスは書斎にこもったらしく、閉じたドアの向こうでかすかに物音がしていた。

ケリーはそこに立ち、何をしようかと考えたが、家自体がいつになく重苦しく感じられて、外に出たくなった。暖かい服を着てそっと家から出ると、どこに行くあてもなかったが、執行猶予を与えられたような気分でアレグロのエンジンをかけた。

その時期の荒野は美しかった。紫色のヘザーの花が見渡す限り地面を覆い、澄んだ青空とまぶしい日差しにもかかわらず、空気には冬の到来を予告する冷たさがあった。ケリーは車を止め、貯水池の上の見晴らしのよい尾根まで歩いて登ると、風をよけられる場所を見つけて座り、下の谷をながめた。

そこからだと、メドフィールドの住宅地の一部分しか見えない。遠くの家は人形の家のようで、裏庭にいる人が蟻《あり》のように見える。明日になればその人々は仕事に戻る。シンクレアの社員もそうだ。社員は自分たちの職場に起ころうとしている大きな変化にどう反応するだろう。喜ぶだろうか、悲しむだろうか？　適応力のある若い社員はたぶん喜ぶだろう。でも古参の人たちは？　彼らの中には社会に出てからずっとシンクレアで働いてきた人もいる。

　そういえば毎年恒例の社員のディナー・ダンスパーティまであと数週間だ。アンドリューはクリスマス商戦前の十一月にそれを開くことを主張した。母の死後、ケリーは毎回アンドリューとともに参加し、重役夫妻が座るテーブルに同席し、年配の重役たちと彼らのペースに合わせてダンスをした。二十歳のとき、スポーツ用品売り場の若者が大胆にもそのテーブルにやってきてケリーをダンスに誘ったが、アンドリューに追いはらわれた。今から思えば、義父にはそんな鼻持ちならないところがあった。彼の息子が同じようなふるまいに出るとは想像できない。

　ロス。そう思ったとたん急に心配になった。私は彼のパートナーとして参加するのを期待されているの？　だとしたら参加しないわ！　しかし常識を取りもどし、かすかにため息をついた。参加しないわけにいかない。たとえロスと一時休戦することになっても。それがふたりの務めだから。

　車に戻ったころには風が強まり、体が冷えきっていたので、早く車内に入りたかった。しかしポケットを探ってもキーがない。落としたとすれば、いちばん可能性があるのは上の尾根に座っていたときだ。

　あの急坂をまた登るのかと思うとうんざりだが、町まで八キロの道のりを歩く以外、ほかに選択肢はない。ケリーは上着の前をかき合わせ、キーは落ちていないかと地面を見ながら登りはじめた。

　先刻二十分かかった道のりが今度は三十分もかかったが、途中でキーは見つからなかった。上に着くころには谷に落ちる影が長くなり、手袋が欲しくなるほど空気が冷たくなっていた。座っていた場所のそばを探してもキーは見つからない。いったいどこにいったのだろう？　もし見つからなかったら、どうすればいいのだろう？

　とうとうあきらめたときには、日は沈んでいた。ケリーは慎重に坂を下りて車に戻った。ダッシュボードの時計を見ると、六時半だ。今ごろロスはケリーが夕食に戻らないことを察しているだろう。意図的にそうしたと思うかもしれない。でも彼がどう思おうと、なぜ気にするの？　下の谷でまたたいている光がすぐ近くに見える。しかし足元が暗いので、そこまで下りるには少なくとも二時間半はかかるだろう。そのとき、車のエンジン音が近づいてくるのが聞こえて、ケリーははっとなった。

　それはおんぼろのフォードで、同じくらい見すぼらしい青年が運転していた。ケリーはうれしさのあまり、人けのない暗い道で見知らぬ男性に会う危険など考えもせず、前に踏みだして両手を振った。

「やあ」青年は窓を下ろして陽気に言った。「何か問題でも？」

「キーをなくしてしまって」ケリーは親しみを覚えながら説明した。「町まで乗せていってくれる？」

「もっと役に立てるよ。車は得意なんだ」彼はエンジンを切って車から出てきた。ひょろ長い体に着古したジーンズとウィンドブレーカーを着て、長髪を後ろになびかせている。ケリーは直感で彼を信用した。「当然、窓を割ることになるけどね！」

「もちろんよ」ケリーは冷たい風に身震いをこらえた。「自分でするべきだけど、やめておくわ」

　青年は助手席の窓をこぶしで割り、手を差しこんでロックをはずし、ドアを開けると、座席の上にかがみこんで運転席側のドアも開けた。ケリーは運転席に滑りこみ、冷たい風から逃れられたことにほっとしながら、言われたとおりボンネットを開けた。

　一瞬ののち、急にぶるんとエンジンがかかり、安定したアイドリングの音に変わった。ケリーにはそれが音楽のように聞こえた。

「これで大丈夫だよ。エンストしなければね」

「しないわ」ケリーは言い、開いた窓ごしに青年を見あげてほほえんだ。「本当にありがとう！」

「どういたしまして」彼は前髪を払いながら目をきらめかせた。「でも日暮れにこんなところで油断は禁物だよ。僕がほかの誰かでもおかしくない」

ケリーは笑った。「あなたは誰なの？」

「名前はグラハム・ビンガム。シェフィールド大学で法律を勉強している」

「ずいぶん遠くから来たのね」

「親戚に会いに行ってたんだ」青年は車の屋根から肘を離してうなずいた。「じゃ、がんばって。幹線道路まで後ろからついていくよ」

ケリーは彼が車に戻るのを見まもり、自分の車を発進させた。

幹線道路に出ると、ケリーは右に折れ、青年は挨拶がわりに片手を突きだして左に去っていった。町の中心部に近づくにつれ、建物が密集しはじめた。街灯がちらちら揺れて見えるのは、霜が降りる兆候だ。突然エンジンが咳《せ》きこむような音をたてて止まったとき、道路がすいていたのは幸いだった。ケリーは車輪が止まる前にできるだけ路肩に車を寄せた。

エンジンが止まった理由は察しがついた。家を出たとき、ガソリンが少なくなっていたのだ。最初に目に入った給油所で入れるつもりが見つからず、帰りに少し遠まわりをして二十四時間営業のスタンドを探すつもりだった。でも後悔先に立たずで、完全に立ち往生してしまった。時計を見るとすでに七時をだいぶ過ぎている。メドフィールドのタクシーは昼間でさえ町の中心部以外ではほとんど見かけない。

もちろん電話で呼ぶことはできるが、それでどうなるのだろう？　車はここに止まったままだ。しかも幹線道路では、決して好ましい止め方ではない。

だとしたら選択肢はひとつだけ。ロスに電話して予備のキーを持ってきてもらうことだ。それだけならまだしも、彼が到着したら、ガソリンを買ってきてもらわなければならない。ロスの反応は想像がつく。

ほかに方法はないかと、さらに数分考えてみたが、思いうかばなかった。どんな方法を取っても、結局はロスに知られることになる。ケリーはとうとう意を決して動きだした。早くしないと、ロス自身が出かけてしまう可能性もある。

よくあることだが、電話ボックスに着くとすでに先客がいた。ケリーは寒さをこらえ、外で十分ほど立ちつづけた。車の中で待つこともできたが、また別の誰かに先を越される危険がある。やっとボックスに入ったところで、小銭がないことに気づいた。交換手を呼びだしてコレクトコールを頼むしかない。

ロスはすんなりコレクトコールに応じたようだが、相手がケリーだと知って、がらりと声が変わった。

「いったいどこにいるんだ？」

ケリーは手短に状況を説明し、彼の辛辣な言葉を待ちうけた。しかしロスはただ、十五分で行くからそこにいろ、と言っただけだった。ほかにどこに行けるだろうと思いながら、ケリーは車に戻って乗りこんだ。車は駐車禁止区域に止まっている。でもたとえ交通監視員に見つかっても、できることはあまりない。車はガソリンなしには動かせない。それもまた、これからロスに話さなければならない。

ジャガーが到着したとき、ちょうど通りがかりの若者の一団がアレグロとその持ち主によからぬ関心を抱きはじめ、窓をたたいてからかったり、みだらな言葉をかけたりしはじめていた。通りの反対側に止まった車からロスが出てくるのを見て、少年たちは一瞬静かになったが、彼が近づいてくるとわかって初めて逃げだした。

ケリーは恐怖よりも怒りに震えながらドアを開け

た。「ばかな子たち！　いい気になって！」

「確かに」ロスはいかにも関心がなさそうに同意した。「大人ぶりたいだけさ」彼は身を乗りだして予備のキーをイグニッションに差しこんだ。顔が近づきすぎている。「よし、これでいい」

「いいえ」ケリーの声がか細くなった。「ガソリンがないの。たぶん」

　ロスは口の中で何かつぶやき、キーをまわして計器を確かめた。「いちばん近い給油所はどこだ？」

「シェルよ。イルクリー・ロードの。知ってる？」

「見つけるよ」ロスは背を向けかけて止まり、ちらりとケリーを振りむいた。「一緒に来るかい？」

　ケリーはじっと車の前を見たまま首を振った。

「こんなことまでさせて、ごめんなさい」

「確かに」わざとらしい口調だった。「じゃあ」

　ケリーは怒りにむっとしながら、ジャガーが走りさるのをバックミラー越しに見ていた。彼が戻るまで十分はかかるだろう。その瞬間、急にケリーは車を置いてバスで帰りたくなった。

　それ以上考えもせず、車から出てドアに鍵をかけた。そして誰も見ていないのに、やたらに反抗的な仕草でバッグを肩にかけた。車が二台になってもロスが何とかするだろう。もうどうでもいい。

　バスターミナルのある町の中心部まで歩くのに、予想以上に時間がかかった。しかし乗りたいバスが日曜の夜には一時間に一本しか走っておらず、その一本が出たばかりだとわかるのに、二分とかからなかった。今さら車には戻れない。たとえロスがまだそこにいても、そんな屈辱には耐えられない。愚かな衝動に従ったのが間違いだった。とても大人とは言えないふるまいだ。きっとロスもそう思うだろう。

　心を決めかねていると、ジャガーがバス停の先頭に止まった。クラクションの音に、周囲の人々の視線が集中する。ケリーは唇を噛《か》み、ターミナルの出口の方向へと歩きだした。ロスが彼女の前をふさぐには、バックして遠まわりして来なければならないと考えたからだ。だがもちろん、彼はそうしなかった。エンジンのうなる音が聞こえ、ヘッドライトがケリーを照らした。彼はバス停をそのまま下ってきてケリーの横に車を止め、さっとドアを開いた。

「乗るんだ」彼はむっつり言った。

ケリーは革張りの座席に乗りこみ、ドアを閉めた。あまりの恥ずかしさに、彼の顔が見られなかった。

「ごめんなさい。ばかなことをしてしまって」

一瞬、ロスは拍子抜けしたようだった。彼は何かの皮肉かというように鋭い目を向けてから、いきなり車を出した。それから道路に出てアレグロのある方向に走りだすまで、何も言わなかった。

「空腹かい？」思いがけない質問だった。

彼女は思わず正直に答えた。「ええ、でも……」

「町のこの方向に一軒パブがあって、なかなかいいレストランも兼ねていたけど、まだあるかな？」

「ええ。あなたが考えているのがそのパブなら」

「ここから五キロ足らずかな。君の車は帰りに拾おう」ロスの口元に笑みはなかった。「家に帰って食事を作る手間が省けるし、頭を冷やす時間ができる。ふたりともしばらく中立の場所にいたほうがいい」

アレグロの横を通りすぎたとき、車は寂しげに見えた。そこに戻って誰もいないと知ったときのロスの気持ちは想像がつく。

「どうして私の居場所がわかったの？」

「推測さ。バスに人が並んでいなくてよかった。君の感受性など思いやれる気分じゃなかったから」

ケリーもそう思った。町の真ん中でバスから引きずりおろされるのは屈辱的だ。実際、ターミナルにはふたりの顔を知っている人がいたかもしれない。近くにいた人たちは、ふたりの様子に気づいただろう。でもそんなことはどうでもいい。どうせもう社内でふたりの噂《うわさ》が広まっているだろうから。

「ディナーにふさわしい服じゃないわ」少しして、ケリーは言った。「六時に戻るつもりだったから」

「その服で十分だ。社交の場でもないし」

それから目的地に着くまで、ふたりは無言だった。レストランが開いているのを見て、ケリーはほっとしたような、残念なような気分だった。ロスがバーで飲み物を注文している間に、化粧室で口紅を塗り、髪をとかした。それで少しすっきりしたが、スラックスに白いセーターはやはりやぼったかった。バーに戻ると、ロスが品のいい金髪の女性と話していたので、なおさらだった。女性は別の男性と一緒に来ていて、その男性は当面、二の次の存在になったようで、不満げな表情で横に立っていた。

「ああ、来たね」ロスが女性の肩越しにケリーを見て言った。「シャロン・ウェストは初めてかい?」

女性が振りむき、青い目でさっとケリーの全身をなぞった。ケリーは内心すくみあがった。シャロンはキルト地のペザント風の服に長袖のブラウスを着て、ブーツをはいている。ケリーのスラックスとセーターはますます場違いに見えた。シャロンはハイヒールのブーツをはいて真っすぐ立つと、ロスと同じくらいの背丈だが、体形は非の打ちどころがない。

「あなたがロスの義妹《いもうと》さんね」どこか見下すような口調だ。「ええ、会うのはこれが初めてよ。私がロスと知り合ったころ、あなたはまだ学生だったわ」

「確かに。七年前か。君はあまり変わっていないね。ロンドンのブティックはどうなったんだ?」

「メドフィールドのほうが競争相手が少ないと思って」シャロンはほほえんだ。「あなたが出ていって数カ月後に移ってきたの。ちょっと急だったけど」

「そうだね。店はどの辺にあるんだい?」

「もちろんウェスト・ストリートよ」シャロンは苦笑した。「でも新しいタウンセンターの建設計画で数週間後には取りこわされるから、別の場所を探しているところなの」

「いい場所は見つかったかい？」

「いいえ。同じ場所で新しいビルの一室を借りられるけど、六カ月も待っている余裕はないわ」

ケリーはとっさに次の展開を予測した。ロスの目を見ればわかった。「うちの店のフロアを借りたらどうだい？　僕らにとっても利益になるし」

シャロンは興味を示した。「シンクレアを近代化する計画があるそうね。悪くない考えだわ。どれくらいの広さを考えているの？」

「セールのあとで毛皮売り場を移す予定なんだ。それで二階のいちばんいい場所があく。正確な広さはわからないけど、話し合って決めればいい」

「何のセール？」ケリーがきくと、ふたりが一斉に顔を向けた。ケリーはきいたことを後悔した。

「うちには毛皮の過剰在庫がある」ロスがしぶしぶ説明するのを聞いて、ケリーは彼をぶってやりたくなった。「この前話しただろう。古い在庫を安値で売りはらって損失を減らし、今後の在庫も減らすんだ。いずれにせよ、はやりの動物保護キャンペーンを考えると、模擬実験をするのも悪くない」

「いい考えね」シャロンが同意した。「実際に場所を見てみたいけれど、いつがいいかしら？」

「明日はどうかな？　昼ごろに。そのあと食事をしながら細かいことを話そう」

「いいわ」シャロンは連れの男性を振りむいたが、その顔は明らかに気乗りがしない様子だった。「そろそろグロヴァー家に向かったほうがいいわね。この前のパーティみたいに退屈でないといいけど」

「ビル・グロヴァーかい？」ロスが興味をそそられてきくと、シャロンはうれしそうに振りむいた。

「そうだ、あなたはビルを知っているのよね？　彼は三年前にジーン・ブロンプトンと結婚したの」シャロンは間を置き、ふと思いついたように目を輝かせた。「あなたも一緒に来ない？」

ロスは苦笑した。「招かれてもいないのに？」

「あなたが帰ったことをビルが知っていたら、きっと招待していたわ。彼はそういうことにうといの」シャロンはケリーを見た。「もちろん、あなたも」

「ありがとうございます」ケリーは努めて礼儀正しく応じた。「でもこんな格好では行けないわ」

「誰も気にしないわよ。みんな気の置けない人たちだから。私もおめかしなんてしてこなかったわ」

ロスが笑った。「ぼろきれを引っかけてきたとか？　あいかわらずだな、シャロン！」彼は残念そうに首を振った。「今夜はやめておくよ。そのうちアンダーウッドで古い仲間と親睦会を開くから、そのときは人集めを手伝ってくれ」

「いいわね！　じゃ、また明日」

ふたりが去ってから、ケリーは自分がシャロンの連れに紹介されなかったことに気づいた。彼女はロスが注文してくれたオレンジブロッサムのグラスを取りあげ、中身の半分まで一気に飲んだ。

「あなたはずいぶん私を軽く見ているようね」ケリーは目を上げずに言った。「私の知らない計画を人前で公言するのはやめてくれる？」

「ごめん。話の流れでつい口が滑ったんだ」

「ただの話じゃないわ。あの女性にお店のスペースを貸すことを申しでたでしょう」

「あの女性は」ロスの口調が少し険しくなった。「仕事相手であると同時に古い友人でもあるんだ」

「でも彼女のお店のことは何も知らないでしょう」

「もちろん契約する前に何らかの調査はするさ。議論はまたあとにしてくれないか、ケリー。今の僕はそんな気分じゃないんだ」

　どんな気分なのだろう？　シャロンに再会して楽しい思い出がよみがえったとか？　彼女はとても魅

力的な女性だ。そして明らかに以前のロスにいい印象を持っているらしい。でもシャロンは今のロスを知らない。知っているのは私とマーゴットだけ。

食事はすばらしかったが、ケリーはあまり食べられなかった。「おなかがすきすぎてしまったみたい。今日はたくさん歩いて疲れたわ。もう帰れない？」

「まだだめだ」ロスは肘をテーブルについて身を乗りだし、両手でブランデーのグラスを包んだ。その顔は表情が読みとれない。レストランにはあとひと組しか客がいなかった。「僕は中立の場所が必要だと言った。ここほど中立の場はないよ」彼の声音が少し変わった。「僕らは話すべきだ、ケリー」

ケリーは突っけんどんに応じた。「何を？」

「よくわかっているだろう！」

「ゆうべのあなたのふるまいについてなら、謝罪は受けいれるわ」冷静な声を保つのはひと苦労だった。

ロスは長い間ケリーの顔を観察していた。「僕は謝らないよ。すべては君が自分で招いたことだ」

「嘘をつかれたことも？」

「僕は嘘はついていない」

「言わないことも嘘と同じよ。もしばれなかったら、あなたは言わなかったでしょう」

「ああ、そうさ。告白がいつもいいことだとは限らない。君は知らないほうが幸せだったはずだ」

「あなたがうっかり口に出すまで？　あなたはひとりの女性で満足するような人じゃないわ」

「僕が結婚しそうになった相手は、女性じゃない」ロスはいらだって言った。「少しばかり人生の苦い教訓を必要としている理想主義の少女だ。マーゴットとは、ここに戻って君に再会する前に終わっていたんだ。過去は変えられないよ」

「そもそも彼女とつきあわなくてもよかったはずよ。少なくとも同棲しなくても」

ロスがうっすら笑った。「彼女を泊めなければ、ベッドに誘ってもかまわないってことか？」

「私の言いたいことはわかっているはずよ」

「ああ、わかるよ。マーゴットはすべて承知のうえで、次の家が見つかるまで一時的に一緒に住んだ。僕は出ていってもらう前に次の家を確保したよ」

「そのままいさせることもできたでしょう。あなたはそこを引き払うことがわかっていたんだから」

「彼女の給料であんな家賃は払えないよ。それも一緒に住む動機のひとつだったかもしれないけど」

ケリーは一瞬黙り、自分の気持ちを整理しようとした。そして静かに言った。「理由はどうでもいいわ。私は二度とあなたを信用しない」

ロスは無頓着に肩をすくめた。「それが賢明かもしれない。でも僕はゆうべ言ったことを撤回しないよ。シンクレアは家族のものだ」

「そんな脅しはやめたほうがいいわ。シャロンのようなお友達が聞いたらどう思うかしら？」

「僕にはどうでもいい。そこが君と違うところだ。君は噂の的になるのをいやがり、人目を気にする」

「ええ、そうよ。でもあなたに従うくらいなら、それぐらい喜んで耐えるわ」

「僕が脅しを実行すると思っていないからだろう。証明しなくてすむといいが」ロスは立ちあがった。「支払いをすませてくる。車で会おう」

アレグロは元の場所にあった。ロスは買ってきたガソリンを缶から注いで蓋を閉じた。

「帰る前にまわり道をして満タンにしたほうがいい。僕はあとからついていく。現金はあるかい？」

ケリーはただうなずき、車に乗りこんでエンジンをかけた。ついてこなくていいと言っても無駄だろう。ロスはしたいようにする。でも彼の言うとおり、ケリーは彼が脅しを実行するとは思っていなかった。いくらロスでもそこまではしないだろう。そんなことをして何になるだろう？

6

今日は二台の車で出勤しようと言いだしたのはロスだった。仕事のあとでどこかに行くつもりなのかもしれない、とケリーは思った。

「取締役会は十一時からだ」会社に着くと、ロスが言った。「初めから徹底的に議論しよう。ジョンとジェイムズが賛成したら、僕は計画を実行する」

「彼らは賛成しないわ」ケリーは心とは裏腹に断言した。「賛成しても、私の票は無視できないわ」

「できるさ。株は六十対四十になる。規則書には、満場一致を求めるような条項は何もない」

「あなたの規則書にはね」

エレベーターが最上階で止まった。ロスがドアの取っ手に手をかけて妙な目でケリーを見た。「理性的になれよ。個人的な感情はどうあれ、君は二週間前には僕の計画に賛同するつもりでいただろう」

「いいえ」ケリーはぴしゃりと言った。「それはあなたの思いこみよ。あの晩、家に帰って報告書を読んだけれど、すべてに賛成はできなかったわ。あなたがやりたがっている改革は過激すぎるわ」

「君は純粋に感情的な視点で話しているんだ」

「あなたには理解できないでしょうね」

「今この瞬間はね。この会社は利益を上げなければならないんだよ、ケリー」

「利益は上がっているわ」

「ぎりぎりでね。もし任せてくれるなら、僕は今後一年間で純益を三十パーセント上げてみせる」

「書類の上ではね」

「実際でもさ」ロスはいらだった。「君は僕を困らせたいんだろう。お互いよくわかっているはずだ」

「うぬぼれないで。私はお父さまのためにしているのよ。これが彼の遺志だから。信頼を裏切るわけにはいかない。あなたのためでも、誰のためでも」

「父の影響はそんなに強いのか」ロスの目の表情が変わり、ケリーの鼓動が速まった。「ケリー、君は父に何の借りもないよ。この六年間、十分父に尽くしてきた。もう自分の人生を生きるときだよ。自分の頭で考えるときだ。あの報告書に書いてあることが筋が通っているのは、君もわかってるだろう」

ケリーは必死に首を振った。「いいえ！」

「そしてまた困らせるのか」ロスは我慢の限界に達したようだ。「警告しなかったとは言わせないぞ」

彼はドアを開き、大股に廊下を歩きだした。ケリーはそのあとを自分の歩幅でついていった。惨めだが決意は固かった。絶対に意思は変えない。絶対！

驚いたことに、その日ケリーを救ったのはジョン・バラットだった。普段なら何か意見をきかれたとき、ジョンはジェイムズに答えさせて満足しているのだが、今日は自分で言いたかったらしい。

「報告書はじっくり読ませてもらった。君の主張はどれももっともだが、君が考えているような店はこのメドフィールドには合わないんじゃないかな。だがジェイムズは少し考えが違う。だから私たちの間でこういうことにした。もし君とケリーがどちらとも賛成なら、私たちも異議はない」

ロスの握っていた鉛筆がぼきりと折れる音がして、ケリーはびくっとした。ロスは鉛筆をながめ、肩をすくめて、目の前の紙パッドの上にそれを落とした。

「袋小路だな。ケリーも過去に生きたいそうです」

「過去に生きるわけじゃない」ジョンが抗議した。

「今までのやり方でうまくやってきたのに、なぜあえて危険にさらすんだね？」

「それは永遠には続きません。人は変わります。この店をひいきにしている世代はもうすぐ消える。でも若い世代は何か刺激がなければ来ませんよ」

「シンクレアのイメージを壊さなければ、それを与えられないのかね？」

「ええ、もし利益も上げるなら。中途半端な方法では無意味です。根本からそっくり変えないと」

「あなたは妥協を試したことがないんでしょう」ケリーは言った。「なぜ無意味だとわかるの？」

ロスが冷たい目を向けた。「どっちつかずだからさ。この場合のセルフサービスがどんなものか、みんな誤解しているような気がする。店員は常時そこで待機している。ただ商品は自由に棚から取って見ることができて、精算は中央のレジで行うんだ」

「そういう店で買い物をしたことがあるわ。そのうち九割は、必要なときに店員が見つからないのよ。万引きは天文学的な数字になるはずよ！」

「それは店内の防犯カメラで減らせる」

「経費もかかるわね」

「必要な経費は借りるつもりだ」

「借りられるならね」

「もう話はついている。アメリカに戻る前に手を打ったんだ。幸い、銀行は先見の明がある」

ケリーの緑の目が光った。「先見の明があるですって？　あなたが抜け目なく働きかけたのよ！」

「そんなことはない。運任せにしないだけだ」

ジェイムズが咳払《せきばら》いをした。「君たちの間にどんな問題があるのか知らないが、それでほかの案件に支障が出るのは困る。アンドリューには、会社をこんな状態で残す権利はなかったんだ」

「女の手にという意味ですか？」ケリーは皮肉な声で言った。「あなたたち三人は似た者同士ね！」

ジェイムズは険しい目でケリーを見た。「君はまだ女じゃない、小娘だ。それも生意気な。ロスがお仕置きをするべきだ！」

ケリーは赤くなった。テーブルの上座からロスがあざけるような目を向けたのがわかった。「僕もそれは考えました。でもそれでは解決になりません」

「じゃ、何だね？　ここでずっと議論していても始まらない！」

一瞬沈黙があり、ロスが肩をすくめた。「当面、妥協案で落ち着くしかなさそうですね。セルフサービスは抜きで。ほかは僕に任せてもらえますか？」

「私たちふたりに異存はない」ジョンが言った。

ジョンと目が合い、ケリーは唇を噛《か》んだ。「ついかっとなってしまって、ごめんなさい」それを聞いてジェイムズが不快げな目を向けた。

「礼儀を思いだしたかね？　でも私の意見は変わらない。アンドリューの遺言は間違いだった」

「父の話はやめましょう」ロスが静かに、しかしきっぱりと言った。「ケリー、君は同意するかい？」

彼女は顎を上げた。「あなたが約束を守るなら」

「君が見張っているから大丈夫さ」ロスは時計を見て椅子を引いた。「じゃ、今日はこれで終わりにしましょう。僕は十分後に約束があるので」

「そして、そのあともでしょう」ケリーは言った。「あなたは仕事と楽しみを区別するかと思ったわ」

「するとも」ロスは動じなかった。「これは仕事だ。楽しみはジェイムズの助言に従うことかな。午後は人に会いにリーズに行くつもりだ。そのまま向こうに泊まって、朝は真っすぐ出勤する」彼は従弟《いとこ》たちに顔を向けた。「何か問題が生じない限り、あと二カ月は取締役会の必要はないでしょう。そのころには多少の進捗状況を報告できると思います」

部屋を出るとき、ケリーはジェイムズを見なかった。彼の満足げな目に気づいたからだ。いつになったらロスと戦わないことを覚えるのだろう？　簡単に打ち負かされるくせに。リーズに行くのは仕事だろうか、娯楽だろうか？　古い友人と再会するのかもしれない。ずっと向こうにいればいいのに。

でもそれは本心ではない。ロスがそばにいるのは大変だけれど、全然いないのはもっとつらい。もし彼と結婚すれば、少なくとも彼と一緒にいる時間をある程度は要求できる。いや、今は彼の欲望を刺激できても、彼は一旦満たされればすぐに飽きてしまうかもしれない。マーゴットに飽きたように。

火曜日の午後にラリーから電話があるまで、ケリーは彼との約束を忘れていた。思わず言い訳をして断りたくなったが、それはやめた。またロスの脅しに屈すれば、耐えがたい状況に自分を追いこむことになる。ラリーは好きだし、気晴らしは必要だ。

「七時半に迎えに行く」ラリーが言った。「八時半に席を予約してあるから、その前に何か飲もう」彼の声が和らいだ。「楽しみにしているよ、ケリー」

「私も」それは嘘《うそ》ではなかった。ラリーといると気持ちがなごんで、ほかのことを忘れられる。そのときロスが入ってきたので、ケリーははっと顔を上げた。「七時半ね、ラリー。じゃ、またあとで」

ロスは部屋を横ぎり、ケイト・アンソニーのデスクの上に手紙を置いた。「どこかへ行くのか？」

「ええ、ディナーに。だからあなたの夕食は買ってくるか、外で食べるかしてちょうだい」

「そのときの気分で決めるよ」

ケリーは、いくぶん拍子抜けした顔で彼を見た。

「警告は？」皮肉な声が出た。「脅しもなし？」

ロスは肩をすくめた。「早合点は禁物さ。もし君があの男の手に落ちそうだと思ったら話は別だが」

「どうして落ちないと思うの？」

ロスはデスクに両手をついて体を支え、冷ややかな目でケリーを見た。「君はすでに別の男に恋をしているからさ」

ケリーは肌の下にぬくもりがよぎるのを感じた。

「謙遜はあなたの得意技ではなさそうね？」

「僕のことだとは言っていない」

「でも、そう言いたいんでしょう」

「そして君はそれを否定する。僕の過去が気に入らないから、僕なんか大嫌いだと思いたがる。でも過去の経験がなければ、僕はあんなふうに君を興奮させられない。そう思ったことはないのか？」

ケリーは長い間無言だった。話すのが怖かった。

「あなたは愛がどういうものか知らないの？　愛は単に体を通じてのものと思っているんでしょう」

「大部分はね。もし僕が不能なら、君は僕を求めないだろう。だから心のほうが重要だなんて嘘だよ」

「あなたはそうでしょうね。感情について言っても無駄よ。だって、あなたには感情がないから！」

「それは事実じゃない。君もわかっているはずだ。僕は君の目を覚ましてやりたくてたまらない。いつかきっとそうしてやる。何があろうと」

「何があるの？」

「邪魔が入るとか」少ししてロスは身を起こし、さらりと言った。「だから今度僕が指を鳴らしたら、走っておいで。結局そのほうが時間の節約になる」

「地獄に落ちればいいのよ」ケリーはくぐもった声で言った。

ロスは笑った。「君も道連れさ。今夜、行儀よくすれば、これからもラリーに会わせてあげよう」

そこにケイトが戻ってきた。ロスは秘書に愛想よく会釈して出ていったが、彼が生みだした不穏な空気はそう簡単には晴れなかった。ケイトは何か察したはずだが、賢明にも何もきかなかった。急にケリーはケイトにすべてを打ちあけて助言を求めたくなった。でも、どんな助言ができるだろう？

その晩ラリーが迎えに来たとき、ロスはまだ帰宅していなかった。彼がどこにいようとかまわないわ、と思ってみたが、それが本心でないことはわかっていた。ロスはシャロン・ウェストに魅力を感じているはずだ。過去の恋が再燃することはよくある。

ケリーはすべてを忘れて目の前の相手に気持ちを集中しようとした。ラリーは素直にそれを喜んだ。

「不思議なもので、人はよく知るとまるで違って見えてくる。数週間前まで君はいつも超然としていた。くつろいで楽しむなんてできない人かと思ったよ」

ケリーは笑った。「今も遊び人ではないわ」

「ああ。でも楽しい話し相手だ」どこか真剣な口調だ。「僕らには共通点がたくさんあるね？」

「ええ、たぶんね」ケリーは話の先が見えず、慎重に応じた。「ふたりともお芝居が好きね」

「いや、それだけじゃない。僕らは似たようなものが好きだ。たとえばこの店とか。ここには娯楽設備がないから、好きな人はあまりいない」

「たとえばヘザーとか？」

「ヘザーはディスコのほうが好きだった。あまり話もしないし」

「でも一緒にいて楽しかったでしょう？」

「ああ」ラリーはあまりそのことを話したくないらしい。「シンクレアの改革は進んでいるかい？」

ケリーの中で何かが冷めていった。「その話ならロスにきいて。指揮をとっているのは彼だから」

「でも彼のしていることは知っているんだろう？」

「彼がしていないことなら知ってるわ」ケリーは思わず言い、ラリーがかすかに眉を上げるのを見て、説明した。「彼はアメリカの店と同じようなものを作りたがっているのよ。個性を台なしにして」

「もっと利益を上げるために？」

「ええ、彼はそう言ってるわ」

「彼には小売店での経験があるから、ちゃんとわかって言っているんだろう」

ケリーはむっとした。「あなたが彼の味方だったなんて知らなかったわ！」

「敵も味方もないよ。どんな事業も生き残るには変わらざるをえない。シンクレアの経費は利益に対してばか高いはずだ。近代化でそれを是正できるよ」

「それはアンドリューが望んだことではないわ」

「彼はもういない。君は彼の人生を代わりに生きなおすことはできないんだ、ケリー」

「つまり、ロスの好きにさせろということね？」

ラリーはためらい、不安げな目を向けた。「ある程度は。結論を出す前に様子を見たらどうだい？」

彼はわざと明るくほほえんだ。「とにかく、今夜は仕事の話はよそう。僕は次の公演ではもっと現代的なものをやろうと思ってる。だからみんなに次のミーティングに案を持ってきてくれと頼んでるんだ」

ケリーはまだ少し緊張していたが、それでもラリーに話を合わせ、その後三十分ほど楽しく過ごした。

ふたりは十一時半前にアンダーウッドに戻った。玄関広間の明かりがついているのを見て、ケリーは急にひとりで家に入りたくなくなった。外はかなり冷えこんでいたので、ラリーはコーヒーを飲んでいかないかというケリーの誘いを断らなかった。

ロスは居間にいた。そこのほうが好きらしい。彼は入ってきたふたりを驚く様子もなく迎えいれた。

「僕も今帰ったところなんだ。外は寒いね」

ケリーはふたりを残し、キッチンに行ってコーヒーをいれた。居間に戻ると、ふたりはラリーの伯父の会社について熱心に話しこんでいた。

「じゃ、伯父さんが引退したら、当然君が継ぐことになるんだね？」ロスが身を乗りだしてケリーからトレーを受けとり、テーブルの上に置きながら言った。一瞬、灰色の目と緑の目が合った。「伯父さんは何歳だい？」

「六十四歳です」ラリーは苦笑した。「でも引退しそうにないな。死ぬまで働きつづけるタイプですから」そこでふと気づき、気まずげな顔をした。「すみません、お父さんを亡くされたばかりなのに」

「かまわないよ」ロスは表情を変えなかった。「伯父さんに父のことを教訓として話すといい。六十五で引退していれば、父もまだ生きていたかもしれない」

　もし彼の息子がもう少し妥協していたら、確かにアンドリューは生きていたかもしれない、とケリーは思ったが、ただ皮肉な笑みを浮かべてカップをロスに手渡した。ロスの目がきらりと光るのが見えた。ケリーは自分のカップを持ってラリーの横に腰を下ろした。ロスの脅しはただの脅しだったのかもしれない。彼は何事もなかったかのようにラリーを迎えいれた。そう、あれはただの虚勢だったのだ。でも、そう思ってもなぜうれしくないのだろう？

「土曜日は？」玄関に見送りに出たケリーに、ラリーがきいた。「リーズに行こう」彼は同意されたものと思いこみ、ケリーを引きよせて長々とキスをした。彼女の上の空の反応にも気づかずに。「僕は今後、君との時間を独占するよ、ケリー・レンダル」

　ケリーが居間に戻ると、ロスは先刻と同じ暖炉の前に立っていた。ケリーは彼の顔を見ずに、カップをトレーに集めはじめた。

「長いキスだったね。堪能したかい？」

「ええ」そして口調を強めて続けた。「ええ、堪能したわ。彼は無理じいはしないから」

「僕もだ」ロスは静かに応じた。「でも今夜その例を実演するつもりはないから安心していい」

「彼にかなわないかもしれないから？」

「あおっても無駄だ」ロスはあいかわらず表情を変えない。「君のボーイフレンドをここに連れてきて僕に見せつけようとしても無駄だったように。彼は深入りしたがっているかもしれないが、君は違う」

「あなたに恋をしているから？」

「何とでも言っていい。僕はただ、ベッドに連れていけば君が数分でその気になることも、ラリーが君をそんな気持ちにさせないことも知っている」

ケリーは急にこみあげてきた切望をのみくだした。

「肉体的にはね。あなたは経験豊富だから。でも、それでもあなたの望むとおりにはならないわ」

「わかってる。だからあえてそうしないんだ。この前の君の言葉じゃないが、何のためにもならない」

ケリーは憎々しさと愛情と欲望と、さまざまな感情を覚えながら彼を見つめ、ついにはかすれる声で言った。「ラリーに結婚を申しこまれたら、私はする。あなたが何をしても言っても、止められない」

ロスは肩をすくめた。「今にわかるさ。とにかく僕はもうやすむよ。それを持っていこう」

ケリーは彼の伸ばした手からトレーを遠ざけた。

「自分で持っていくわ、ありがとう」

「そうか。トレーのことで君と議論する気はない」彼は無頓着に言った。「おやすみ」

ケリーは答えなかった。今はとにかく惨めな気分で、言葉を返す気にはなれなかった。


その年は雪が降るのが早く、十一月の第二週には、周りの山々を白く覆うほどの降雪が二回ほどあったが、町ではかすかに舞う程度だった。

クリスマス前の忙しさのため、店の改革の多くは新年に持ちこされたが、それ以外は順調に進んでいた。寒さも幸いし、毛皮のセールで古い在庫はほとんどなくなり、新しい試みへの関心を生みだした。その後、毛皮売り場はそっくり別の場所に移され、元の場所にはウェスト・ブティックが入った。

ケリーは貸し店舗の考えには気乗りがしなかったが、そのおかげでかつてないほど多くの若い顧客が来店するようになったのは確かだった。新しい軽食バーは最初から好評で、最初の月の収益を聞いたときには、気むずかしい会計主任の顔にも笑みが浮かんだほどだった。これまでのところ変化はゆっくりで、かなり控えめだったが、ケリーは年明けからそれが一変することを予想していた。一月のセールで古い在庫は一掃され、もっと売れ筋の在庫が入るだろう。在庫管理システムは徹底的に見なおされ、最終的に新しい考え方で運用されるようになるだろう。

ケリーの予想とは裏腹に、社員の大多数はその変化を喜んでいた。従来のやり方に固執し、上層部はこの店をどうするつもりなのかと恐れたりとまどったりしているのは、年配の社員だけだった。ケリーもロスと同じぐらい非難されているはずだが、その誤解はどうすることもできない。ただ少なくとも、彼らにセルフサービスの導入という屈辱は味わわせずにすむだろう。それだけは譲らないつもりだった。

家での生活はここ数週間、さほど困難はなかった。ロスが夜はほとんど外出していて、家にいるときも書斎にこもっていたからだ。どうでもいいと思っても、それが本心でないことは自覚していた。ロスに求められなくなってから、何か大事なものが欠けてしまったようだった。たまに、あの悪意の電話の件など忘れて彼と結婚すればいいと思うこともあったが、そんな結婚が長続きしないことはわかっていた。

その気になればロスを再び振りむかせることはできるだろう。でもそれでは何も解決しない。ラリーの存在はある程度慰めになった。彼が心から気づかってくれるのがわかるからだ。キスをするときに自制している様子でそれがわかる。一度などは、ケリーの反応が熱心すぎるとたしなめたほどだった。

〝もう十分厄介なのに、こんなふうに誘惑されてはたまらないよ。君はきれいで官能的な女性だ。ちゃんと愛し合いたくないわけがない。でも君は男がそんな関係を持つような女性ではないんだよ〟

官能的。ケリーはあとから思った。ロスと再会するまで、私は官能的ではなかった。今夜キスをした相手はラリーではなく、ロスなのだ。今もこうしてベッドに横たわって、全身でロスを求めている。彼は踊り場のすぐ向こうにいる。ただそこに行けばい い。でも私は行かない。ラリーが言ったように、そんな関係には向いていない。

　会社のディナー・ダンスパーティは毎年十一月末に店のレストランで催される。しかし今年はそれが難しいので、ロスはタウンホールの宴会場を借り、ディスコ用に控え室も借りた。社員から実行委員が選ばれ、メニュー選びから、二種類のバンドの選択まで、すべてを任された。それにも意図があると、ロスは率直に認めた。何かがうまくいかなくても、責められるのは経営陣ではなく実行委員会だと。

「費用が二倍になるわね」ある午後、総務部長のアーサー・フィールディングがロスの部屋にいるとき、ケリーは言った。アーサーも同感のようだった。

　ロスは動じなかった。「年に一度の行事だし、今後数カ月、みんなのがんばりが必要になるから」

「褒美を先に？　それでうまくいくと思うの？」

「褒美ではなく買収だと、君は言いたいんだろうな。僕はお祭りをそんなふうには考えない。みんながしたいように、君もくつろいで楽しめばいい」

　ケリーは思わず言った。「私は行かないかもしれない」

　ロスが険しい目を向けた。「行くよ。僕らはみんな行く。そうだろう、アーサー？」

「あ……ええ」総務部長は応じたが、あまり熱心ではなかった。「その必要があるなら」

「あるよ」ロスは有無を言わせなかった。「それはそうと、実行委員会は十二人がけの円テーブルを分散して置こうと考えている。あなたと奥さんは重役のテーブルに座るので関係ないが、いいアイデアだ。食後のダンスのために部屋を片づけるのに少し時間はかかるが、ディスコやバーで待てるからね」

　総務部長を見送りながら、ケリーは笑みを押しころした。アーサーと妻が気むずかしい顔でディスコの音楽に合わせて踊る姿など、なかなか想像できない。再び目を上げると、ロスが妙な顔で見ていた。

「君がここでほほえんだのは二週間ぶりだね」

「たぶんほほえましいと思うことがなかったからよ。もう用事はすんだわね？」ケリーはドアに向かいながら言った。

「土曜日は僕の隣に座ってもらう」ロスがそっけなく言った。「だからラリーを招くなら、別の誰かと一緒に座ってもらうしかない」

ケリーはぐっとこらえた。ロスは彼女が反論するのを待っている。「ラリーは来ないと思うわ。自分の会社の行事も退屈だと思っているくらいだから」

「だとしたら、面白いものにするべきだ」

ケリーはかっとなった。「単にあの人が嫌いだからって……」

「嫌いとは言っていない。実際、悪い男じゃない。別の状況なら……」ロスは言いかけてやめ、遠まわしにつけたした。「最近よく会っているようだね」

ケリーは顎を上げた。「だったらどうなの？」

彼の笑みは無邪気だった。「ただの感想さ。それより、いつか言っていたパーティをそろそろ開こうか。僕らふたりの友人ならかなりの数になる。十二月の第一週にして、クリスマス気分を盛りあげるんだ。それまでに、招待者全員に連絡できるかい？」

「大部分は毎週会ってるから、それだけ時間があれば十分よ」ケリーはとまどって彼を見た。「でもアンダーウッドの雰囲気がパーティ向きだと思う？」

「どんな雰囲気だい？」

「わかるでしょう」

「いや、わからない。じゃ、決まりだ。料理は心配しなくていい。僕が手配するから」

自分の部屋に戻り、ケリーは考えた。ロスは誰を招待するのだろう？シャロン・ウェストは確実だ。ここ数週間、ロスが夜頻繁に家をあけたのは、きっとシャロンと一緒にいたからだろう。シャロンがメドフィールドの西側のフラットに住んでいるのはケリーも知っている。そして六カ月くらいシャロンと一緒に住んでみてはどうかと、思わず彼に言いたくなったことが一、二度あった。

今思えば、マーゴットからの電話に悪意があったことは明らかだ。彼女はロスを取り戻せなくても、あとに続く者に幻想を抱かせたくなかったのだ。彼は例の六カ月のことをシャロンに話しただろうか？　話しても、シャロンは気にしないかもしれないが。

でもこの考え自体、意地悪だわ、とケリーは思った。シャロンをよく知りもしないのに。

その晩もまた劇団の稽古の日だった。今回、みんなは現代物の軽いコメディを選んだ。配役はまだ決まっていない。ラリーは今度もケリーに主役を演じさせたがったが、ケリーはすでに辞退していた。

稽古が終わったあとで、ケリーがパーティのことを話すと、誰もがうれしそうに応じた。

「お兄さんにいつ再会できるかと思っていたのよ」

ジル・ウィレットが言った。いつかロスに興味を示していた女性だ。「彼はあまり出歩かないのね？」

「ええ。それに彼は義理の兄よ」

「同じよ」一瞬、ジルの目が何かを察したようにきらめいた。「あなたが彼に夢中なら別だけど？」

答えたのはラリーだった。「ばかなことを！　ケリーはただ間違いを正しただけだ」

「そう、よかった。まだ余地はあるのね」

ケリーはその場でジルを幻滅させることもできたが、しなかった。ジルもすぐに気づくだろう。ロスについては余地などありえない。いつも複数の選択肢が用意されているのだから。

ヘザー・ワイアットだけは招待を断り、ケリーへの反感を隠そうともしなかった。「その晩は約束があるの。でも私はいなくてもかまわないでしょう」

ヘザーは笑みを保ったままケリーからラリーに目を移した。「あなたたちのお祝いはいつになるの？」

「もうすぐだ」ケリーが口を開く前にラリーが答え、我が物顔でケリーの腕を取った。「そろそろ行こうか。管理人が戸締まりをしたがっている」

ラリーは再び数人の団員を家に招いたので、ケリーが彼とふたりだけで話せるまでしばらくかかった。

「あんなことをヘザーに言うべきではなかったわ」ケリーは訴えた。「誤解するかもしれないでしょう」

「したらどうなんだ？」ラリーは笑顔で言ったが、青い目は真剣だった。「ケリー、伯父が君に会いたがっているんだ。今度の金曜の晩、うちにディナーに来てくれないか？」

ケリーは複雑な胸の内は無視して、努めて軽い口調で言った。「面接試験？」

ラリーは笑った。「そうとも言えるかな。伯父は僕には女性を見る目がないと思っている。君がアンドリュー・シンクレアの娘だってことは利点だがね」

「でも中身まではわからないわ」

その口調にとげを感じたとしても、ラリーは顔に出さなかった。「君なら気に入られるよ。絶対に」

もし気に入られなかったらどうなるの？　ラリーの見方も変わるのだろうか？

「七時に迎えに行くよ」ラリーはケリーが同意したものと思って言った。「心配いらない。伯父は口は悪いけど人はいいんだ」

あとでケリーを車まで送りながら、ラリーは約束の時刻を繰りかえし、そしてつけたした。

「客は僕らだけじゃなくて、アルダーマン・ペリーと彼の奥さんも来るんだ。ほかにも何人か」

「みんな伯父さまと同世代？」

「ああ、たぶん」ラリーは不安げな目を向けた。「ひと晩くらいかまわないだろう？」

「ええ、もちろん」ケリーは感情を押しころしてほほえんだ。「あなたをがっかりさせないようにするわ、ラリー」

「君なら大丈夫さ」ラリーはケリーにキスし、しぶしぶ彼女を放した。「おやすみ、ケリー」

ケリーは困惑しながら帰途についた。金曜の会食は明らかに一大事だ。ラリーは伯父にケリーとの結婚を考えていると話したに違いない。ミスター・ホールが甥《おい》の妻になるかもしれない女性に会いたがるのは無理もない。問題は、ケリー自身が彼との結婚をどう思っているかだ。ケリーはラリーが好きだ。その感情は、ロスに対する思いよりも、結婚の土台としてふさわしい。好意から愛へと発展することはあっても、その逆はありえないのだから。

7

帰宅したとき、車庫にはジャガーが止まっていた。ケリーはその横にアレグロを止め、扉を閉めると、そこに立って家をながめた。表側には明かりがついていないので、ロスは居間か二階の寝室だろう。ケリーはためらった。ラリーと結婚するとしたら、家のことも考えなければならない。彼はここには住みたがらないだろう。でも彼はまだプロポーズはしていないし、伯父の許しがなければ、しないかもしれない。今からあれこれ考えても仕方がないけれど。

二階に上がると、ロスの寝室のドアは閉まっていたが、ドアの下から光がもれていた。ケリーは自室に入り、ドアを閉めた。感情もそんなふうに閉ざせたらどんなにいいだろう。

　いつもよりゆっくり浴槽につかっているうちに、手足にけだるさが広がった。やっと出たときには、ひどく疲れていた。体にタオルを巻きつけて浴室を出ると、ロスがベッドでクッションにもたれて座っているのが目に入り、ケリーははたと立ちどまった。彼はダークブルーのパジャマを着て、前をはだけている。その間から濃い胸毛がのぞいていた。

「ひと晩じゅう出てこないのかと思った。あと五分遅かったら、連れだしに行っていたところだ」

　ケリーは速まる鼓動を意識しながら言った。「連れだすとしたらあなたよ。ここから出ていって！」

「いや、いくつかはっきりさせてからだ」

「たとえば？」

「わかるだろう」ロスはケリーの全身を目でなぞり、彼女が赤面するのを見て唇に笑みを浮かべた。「僕は君が欲しい。もう待つのはうんざりだ。それを脱いでベッドにおいで。ほかのことは朝でいい」

　ケリーはタオルを握りしめた。急に怒りが込みあげてきた。「あなたが考えることはそれだけ？」

「いや。でも今この瞬間はこれが最優先事項だ」

「シンクレアよりも？」ケリーは皮肉で応じた。

「優先事項は見る角度で違ってくる。君のプライドが言葉でなだめられないのなら、行動に移すまでだ。愛し合ったあとなら、君も耳を貸すかもしれない」

「いつだって、あなたの話なんて聞きたくない！」

「覚悟のうえさ」ロスは間を置き、眉を上げた。

「君が来るか？　それとも僕から行こうか？」

　彼は本気だ。気づいたとたん、手足に生気が戻ってきた。ケリーはさっと浴室の中に戻って勢いよくドアを閉めた。掛け金をかける手が震えていた。必要ならひと晩じゅうでもここにいよう。ロスに自分の防御を崩す機会を与えるくらいなら、何でもする。

　ロスが動く物音は聞こえなかったが、やがてドアノブが強く押されたかと思うと、彼の肩がどんとドアにぶつかり、掛け金がはずれた。

「僕から来た」ロスは肩をさすりながら残念そうに言った。「映画のスタントのようにはいかないな」

「ロス、やめて」ケリーの声には懇願するような響きがあった。「冗談ではすまされないわ！」

「とうに冗談の域は越えている。父は僕らにすべてを共有させたがったはずだろう？」

「こんなことは望まなかったわ」

「君が結婚したがらないなら、これしか手はない」

ロスは奥の壁に彼女を追いつめた。その目の表情は前にも見たことがある。彼に抱きよせられ、ケリーは抵抗しようとしてタオルから手を離した。結んだ端の部分がずり落ちて、腰で止まった。

気がつくとロスがキスをしていた。意志の力も含め、すべてが薄れはじめた。刺激的な男らしい香りが鼻孔をかすめ、彼の両手がむきだしの背中を圧迫する。粗い胸毛が胸に触れ、かすかな電流のように肌を刺激する。ケリーが無意識に体を押しつけると、ロスが少し引きはなしてからほほえんだ。「急がないで、ケリー、ゆっくりでいい」

心ではまだ葛藤していたが、なぜかケリーは彼を止めようとして手足を動かすことができなかった。ロスの片手が胸を包んだとき、その感触は痛みのように強烈で、ケリーはかすかにうめき声をもらした。

「完璧だ。片手にすっぽり収まる」ロスは親指でそっと胸の先端をなぞり、笑みを浮かべてケリーの顔を観察した。「もう戦わないだろう、ケリー？　君も僕と同じくらいこれを求めているだろう？」

「ええ」か細い声が出た。全神経が彼の手が触れる場所に集中しているようだ。もう一方の手が腰のタオルの結び目に移動するのがわかり、ケリーの口から抗議の声がもれた。「だめよ、ロス……お願い」

「わかった、ベッドでほどこう。もしそのほうがよければ、明かりも消そう」

「ごめんなさい。私……恥ずかしくて」

「今に慣れるさ。君が自分の体を堂々と見せられるようになるよう僕が教えてやろう。君は美しくて官能的な女性だ、ケリー。恥じることじゃない。僕は君を知りたいし、君にも僕を知ってほしい」彼はそっとキスをした。「ベッドに行こう」

そのとき寝室で電話が鳴りだし、ふたりともはっとした。少なくともケリーは冷水を浴びせられたような衝撃を受け、身をこわばらせた。

「いったい誰だ……？」ロスが言った。「夜中の一時だぞ！」彼はしぶしぶケリーを放し、大股で寝室に戻って受話器を取りあげた。「もしもし？」

ケリーはゆっくりとタオルを引きあげ、結び目をきつく縛った。ロスに見られているのはわかったが、顔を上げて彼を見る気になれなかった。

「ええ」ロスが言った。「あなたでは無理なんですね？」相手の話を聞く間、一瞬間があり、やがてロスはあきらめたように言った。「わかりました。二十分で行きます」ロスは乱暴に受話器を置いた。

「店に泥棒が入ったらしい。警察からアーノルド・グレッグソンに連絡があったんだが、僕にも来てほしいそうだ」ロスは浴室のドア口に来てもたれ、ケリーのそむけた顔を見た。「僕を見てくれ、ケリー」彼女が動かないので、ロスが近づき、彼女の顎に手をあてて上向かせた。灰色の目には複雑な表情があった。「すまない、こんなことになって」

「遅れるわ」ケリーは自分の事務的な口調に驚いた。

「早く着がえたほうがいいんじゃない？」

ぎこちない間があった。「そうだな」ついにロスが言った。「戻ったとき、起きていてくれるね？」

眠る？　そんなことできるわけがない。「ええ」

「よかった」ロスはうっすら微笑した。「すぐに戻る。そもそもなぜ僕が必要なんだろう。グレッグソンが対処できるはずなのに」

ケリーには幸いだった。あの電話がなければ、負けていたかもしれない。でも朝まではきっと後悔はしなかっただろう。ロスの呪縛はそれほど強かった。

ロスは出かける前にケリーの寝室には来なかった。彼女の気持ちを察したのか、時間がなかったせいなのかはわからない。ケリーは車が走りさる音を聞いてから、ゆっくりと体の力を抜いた。でも彼はすぐに帰ってくる。それまでに彼を寄せつけない方法を考えなければ。彼に迫られたらあらがいようがない。

ロスは二時間後に帰宅した。外に車が止まり、ドアが閉まる音を、ケリーはベッドの中で聞いていた。やがてロスが家に入り、階段を上ってきた。その足音に心臓の鼓動が重なる。ロスが部屋に入ってきたとき、ケリーは枕に半ば顔をうずめ、まつげの動きで知られないことを祈りながら、眠ったふりをした。

「ケリー？」ロスは闇の中でささやいた。ケリーが答えないので、彼は近づき、軽く彼女の肩に触れた。その声は笑いを含んでいた。「おい、寝てるのか。帰ってくるのに世界記録をいくつも破ったよ！」

ケリーは少し動いて、何か自分でもわからないことをつぶやいてから、また規則正しく息をつきはじめた。ロスが困惑しているのは見なくてもわかった。

そのとき、ロスはベッド脇のテーブルのボトルに目を留めたらしく、肩から手が離れて、明かりがついた。ボトルを取りあげてラベルを読んでいるのだろうか。沈黙が続いた。ケリーは彼がいなくなったのかと思い、目を開けそうになった。するとロスが急に動いて、ボトルをどんと置いて明かりを消した。彼はドアを閉めて出ていった。ケリーは暗闇の中で、これまでに感じたことのないような孤独に襲われた。

ケリーは朝方少し眠り、窓をたたく雨の音で目を覚ました。シャワーで体はすっきりしたが、気持ちは晴れなかった。昨夜あの電話がなければ今朝はどんな気分だっただろう？　きっと今ほどひどくはなかっただろう。たぶんいろいろな問題に決着がついていたかもしれない。ロスとの結婚は楽ではないとしても、平均すればよい点が多いだろうから。

　ケリーがキッチンでグリルにベーコンを載せていると、ロスがいくぶんこわばった顔で入ってきた。

「君の部屋にあった睡眠薬は捨てた」彼は唐突に言った。「そもそもどこで手に入れたんだ？」

「お父さまのものよ。どうしても必要なときだけ使っていたらしいわ。浴室の棚に残っていたの」

「何錠飲んだんだ？」

　ケリーはためらった。用量を確かめておけばよかった。「二錠よ」一か八《ばち》か言ってみた。

「まさか！」ロスが険しい声で言った。「一錠と書いてあるのに！」彼はケリーの手からトングを取りあげ、彼女の顔を明るい窓のほうに向けて観察した。その目には冷たい怒りがあった。「大丈夫か？」

「ええ」それ以上言う勇気はなかった。

「君は運がいい」短い間があったが、ロスの表情は変わらなかった。「なぜだ、ケリー？」

「あなたが続きを期待しているのがわかったからよ。私はあなたの快楽につきあうつもりはなかったの」声が震えた。彼の目を見かえすのは容易でなかった。

「私はマーゴットとは違うわ。あなたの都合のいいように利用されるつもりはないの。私たちは同じ家に住んではいるけど、これからはそこ止まりよ」

「それはゆうべ君が望んだこととは違う」

　体が熱くなったが、ケリーは惑わされはしなかった。「確かにあなたは、特定の状況ではどんな女性にも分別を失わせることができる。でもそれは自慢するようなことじゃないわ。私があなたと夜を過ごせば、結婚せざるをえなくなるとでも思ったのね」

　ロスの表情が一瞬変わった。「そう望んだかもしれない」いくぶん和らいだ声で言う。

「そうよ、望んだのよ」ケリーは一歩も譲らなかった。「あの株のためなら何でもするのね？」

「本当にそれだけが理由だと思っているのか？」

「ほかに何があるの？」ケリーは皮肉たっぷりに言った。「あなたは私に恋はしていない」

ロスが答える前に一瞬、間があった。彼の指がケリーの肩をつかみ、目に不可解な表情が浮かんだ。

「もしていると言っても、君は信じないだろう」

「ええ、絶対に」

「だと思った」ロスは彼女を放し、肩をすくめた。

「これでまた振り出しに戻ったわけだ」

「そうね。そしてもし今後の計画を練っているなら言っておくけど、私はラリーと結婚するつもりよ」

彼が目を細めた。「プロポーズされたのか？」

「されるはずよ。そして私は同意する。あなたが何をしても止められないわ」

ロスは答えず、ただ長い間じっとケリーを見つめて立っていた。やっと話しだした声には抑揚がなかった。「ちなみに、昨夜シンクレアに押しいった犯人はつかまった。店にとっては幸いだった」

「またシンクレアなの」ケリーは語気激しく応じた。

「あなたの頭にはそれしかないのね！」

ロスは肩をすくめた。「ベーコンをグリルしたほうがいい。朝のうちに食べるつもりならね」

ふたりは無言で食べ、無言で家を出た。もちろん別々の車で。遠ざかるジャガーを見つめ、ケリーは思った。ラリーと結婚したとして、昨夜ロスの腕の中で感じたような深い思いを得られるだろうか？

金曜日のディナーは予想したほど大変ではなかった。どんな服で行けばいいのかわからなかったので、ケリーは黒いビロードのスカートとトップを着て、控えめに開いた襟元をカメオ細工のついた黒いビロードのリボンで飾った。ミスター・ホールは初めは怖そうに見えたが、そのうち、ぶっきらぼうな物言いとは裏腹にとても寛容な人柄だとわかった。彼がラリーを尊重していることは明らかだった。

　客はほかに五人いたが、ケリーが知っているのはふたりだけだった。アルダーマン・ペリーとその妻だ。夫妻はケリーの母の生前と死後に何度かアンダーウッドに来たことがあった。ふたりはアンドリューの死について心から悔やみを述べ、彼の死を町の人々がどれほど残念がっているかを語った。

「いい人だった」アルダーマンは首を振りながら言った。「町の議会の選挙に出るよう何度も勧めたんだが、彼は出しゃばりたがる人じゃなかった」

　いつだったかアンドリューがそのことについてケリーの意見を求めたことがあった。きっといい議員になるわとケリーが言うと、義父は笑って首を振り、町の政治には興味はないよと応じた。晩年の彼は自分の店以外のことには目を向けなくなっていた。

「彼の息子さんはどうだい？」アルダーマンがきいた。「ずっとここにいるのかね？」

「そのようです」何とか冷静な口調が保てた。「会社を継ぐために、アメリカでの仕事を辞めて」

「継ぐわけではないんだろう？」テーブルの上座からミスター・ホールが言った。「ラリーの話では、君たちふたりで均等に株を分けるそうじゃないか」

「ええ、そうなんです。今のは単なる言葉の綾《あや》で」

「ケリーはわかっているんだよ。彼ほど経験があればシンクレアに貢献できると」ラリーがすかさず言った。「きっとあなたとは話が合いますよ、伯父さん。この土地の言葉で言えば、頭のええ人だから」

　伯父はぎょっとした顔をした。「おまえはヨークシャーなまりの芝居はしないほうがいいな」

　ラリーはにやにや笑った。「僕が行った学校では、標準語の話し方ばかり習ったもので」

「だったら自分の子供には個性を失わせないほうが

いい。新しい人と出会うときの楽しみの半分は、相手の出身地を当てることだ」

ラリーがうれしそうな目でちらりとケリーを見た。ケリーはすでに察していた。彼女はホール家の次世代の母親にふさわしいと認められたのだ。ラリーはいずれ会社を継ぐ。甥《おい》の選ぶ妻がその立場で要求されることをちゃんとできる相手かどうかを伯父が知りたがるのも当然だ。

十一時ごろふたりが帰途についたとき、地面には霜が降りていた。ラリーはゴルフコースを迂回《うかい》する道をたどり、小さな湖を見おろす場所で車を止めた。

「もっとロマンチックな場所のほうがいいのかもしれないけど」数分後、ラリーはケリーの髪に口をつけて言った。「でも少なくとも月は出ている。ケリー、僕の言おうとしていることはわかるね？」

「ええ」ケリーは答え、彼がほほえむのを感じた。

「それは質問への答えかい、それとも同意？」

ケリーは少し身を引き、薄暗がりの中で彼の視線を探りながら、ためらいがちに言った。「もし伯父さまが賛成しなくても、私と結婚したかった？」

今度はラリーがためらった。「伯父が君をふさわしい相手だと思うことは最初からわかっていた」

「そんなことをきいたんじゃないわ」

「わかってる」彼はため息をもらした。「反対されたら、難しかっただろうね。僕の未来はホール製作所とは切りはなせない。もし伯父が君を気に入ると思わなければ、ここまで深入りはしなかった」

そんなに感情を抑制できるものだろうか、とケリーは皮肉に考えた。彼女は片手でラリーの頬に触れた。「いいの。ただ正直に答えてほしかっただけ」

「君に嘘《うそ》はつかない」彼はほっとしたようだ。「明日、指輪を見に行こう。どんな宝石がいい？」

「わからないわ。選ぶのを手伝って」まるで別人が言っているような気がした。再びキスをされたとき、ケリーは捨て鉢な気分で反応し、彼の上着の下に手を入れてシャツをなぞり、そのボタンをはずして胸毛のない胸を指の背でなぞった。ラリーの呼吸がせわしくなり、両手が動きだした。あまり心地よいとは言えないその愛撫《あいぶ》に、文字どおり胸が痛くなった。

「ケリー、ああ、これじゃ面倒なことになる！　君はこんなに温かい……こんなにきれいで柔らかくて温かい！」ラリーがいきなり彼女を突きはなし、自分を抑えて席に座りなおした。「今のうちに君を連れて帰ったほうがいいな。あと数カ月で結婚するのに、今君を抱くのはあまりにもリスクが高すぎる」

「数カ月？」ケリーは自分の声とは思えない声できいた。「そんなに先なの？」

「少なくとも五カ月は必要だよ。式は春がいいだろう？」ケリーの沈黙に何かを感じ、ラリーは彼女に顔を向けて優しく言った。「お互い、楽でないのはわかるよ。でもそれだけのかいはある。僕らはこの町始まって以来の盛大な式を挙げて、待ったからこそ一生忘れられないようなハネムーンに行くんだ」

ケリーは遠まわしにきいた。「リスクって何？」

「それはやっぱり……」少し間があり、ラリーの表情が変化した。「ケリー、君は……何も服用していないよね？」

「ええ」ケリーは怒る気にさえなれなかった。

「もちろんさ」ラリーはすまなそうに言った。「それにその必要もない。それは僕の担当だ」

「あなたは子供が欲しいんじゃなかったの？」

「欲しいよ。でも子供はふたりで十分さ。家じゅうにあふれるほどはいらない」少し間があった。「家と言えば、アンダーウッドをふたつの部分に分けるという君の案はいいね。広さは十分あるし、お義父《とう》さんが提示した条件をうまく満たすこともできる」

「でも」ケリーは慎重に言った。「私はあそこに住みつづけたいかどうかわからないわ。自分たちの家を持てないの？　あなたのフラットはどう？」

「あそこは狭すぎる」ラリーはとまどったようだ。「それにアンダーウッドのような家はめったにない。最近は土地だけでもすごく高いし。でもなぜ……」

「わかるわ」ケリーはなぜ反対なのかときかれたくなかった。「あんな家を離れるのはばかよね」

「お義父さんは君をあそこに住まわせたかったんだし」ラリーは少しほっとしたようだ。「もちろんロスとも話さないといけないけど、彼が異議を唱えるとは思えない。彼の持ち分は家の半分なんだから」

ロス。その名前を聞いたとたんケリーは喉が痛んだ。「疲れたわ。家に連れて帰って、ラリー」

「仰せのままに」彼はほほえみ、手を伸ばしてエンジンをかけた。「明日のお祝いに元気でいてほしいから。リーズに行って指輪を見て、それから食事をしよう。僕らの記念のディナーだ。いいだろう？」

「完璧よ」ケリーは自分の声に熱意を感じなかったが、ラリーは満足したらしい。今夜彼が言ったことはすべて理にかなっている。衝動的にプロポーズしたにしては、あまりにも理にかなっている。彼も別の意味でロスと同じくらい計算高いのかもしれない。

　家に着くと、書斎に明かりがともっていた。

「ロスはまだ起きているね」ラリーが満足げに言う。「よかった。行ってニュースを知らせよう。きっとそんなに驚かないよ」

「明日まで待てない？」ケリーは動かずにきいた。

　ラリーがドアに手をかけたまま振りむいた。「なぜ待つんだい？」

「今夜はもう遅いわ」

「すぐ終わるよ。彼には最初に知らせるべきだろう。何といっても、君の唯一残った家族なんだから」

「彼の姉はシンクレアで、私はレンダルよ」

「それももうすぐ変わる」ラリーはさっと彼女の頬にキスをした。「君はホールになるんだ。行こう」

ふたりが家に入ると、ロスが書斎のドア口に出てきた。上着を脱ぎ、ノーネクタイでシャツの襟を開いている。髪は今しがた手でくしゃくしゃにしたように乱れ、顔にはいくぶん疲れた表情がある。「寝る前に何か飲もうと思ってね。一緒にどうだい？」

ラリーが答えた。「いいですね」

書斎でなければいいのにと思いながら、ケリーはソファに腰を下ろした。そこで遺言が読まれるのを聞いて以来、好きな場所ではなくなっていた。

ロスが飲み物を注《っ》ぎ、グラスをふたりに渡してから、自分のグラスを軽く上げた。「乾杯」

「実は、祝うことがあるんです」ラリーが言いながらケリーにほほえみかけた。「僕らは結婚します」

ロスの表情はほとんど変化せず、ケリーは一瞬、彼はもう関心がないのだろうと思った。そのときロスが真っすぐに顔を向けた。口元はこわばり、目には冷たい光がある。それでも彼がまさか本当に結婚を祝うとは思えなかった。

「そうか。伯父さんも賛成しているのかい？」

「ええ。彼女のことをとても気に入っています」

「誰でもそうさ」皮肉な声だ。「でも、もし彼女が中古品だと知ったら、それでも賛成するかな？」

沈黙は永遠に続くかと思われた。ラリーは初めはとまどったようだが、そのうちはっと気づき、顔をこわばらせた。「どういうことですか？」

あとになって、ケリーはあのとき口を開いたのが間違いだったと思った。ロスが答えるまで黙っていれば、ラリーに信じてもらえる可能性はあった。でも黙っていることができなかった。

「嘘よ。彼の言うことはみんな嘘よ！」

ロスは肩をすくめた。「彼には知る権利があるよ、ハニー。そもそも君が自分で言うべきだったんだ。そうすれば、あとから誰かに秘密をもらされる心配もなく、正々堂々と始められたのに」

「秘密を知っている人なんていないわ！」言ってからしまったと思い、急いでつけたした。「事実じゃないからよ！」ラリーを見ると、彼はグラスを握りしめて立っていた。「ロスはもし私が別の人と真剣になったら、こうするって脅したのよ。でも私は彼が実行するとは思わなかった。ねえ、お願い……」

「別の人」ラリーがゆっくり繰りかえした。「別の人とは、その前に誰かがいるということだ」

「そういう意味じゃないわ！」

「じゃ、どういう意味だ？　もし事実じゃなかったら、なぜ彼が君を脅すんだ？」

　ケリーはあっけに取られてラリーを見つめた。

「彼の言うことを信じるの？　私の言うことより」

　ラリーは見るからに混乱していた。「わかったよ」やがて彼が言った。「これは事実じゃないって君が誓うなら、僕は君を信じる」

「私に誓わせるの？」急に激しい怒りが込みあげてきた。「そんなこと絶対にしないわ！」

「どうしようもないな」ロスがあきらめ顔で首を振った。「君は本当に頑固だな」彼は再びラリーを見た。「こんなことになってすまない。これも近くにいるせいだ。ふたりの男女が一緒に住めば、何か起こって当然だ。父はそれに気づくべきだったんだ」

「たぶん気づいていたんですよ」ラリーは不機嫌に言った。「でもこんな関係を予想したかどうか！」

「つまり父は僕らの結婚を望んでいたと？」ロスは肩をすくめた。「それは僕も提案した。だがケリーはいやがった。僕と結婚すれば今のような自由はなくなるからね。それがわかっていたんだよ」

　その言葉の含みに気づいたらしく、ラリーの顔に赤みが広がった。「あなたは僕らの交際を知っていたはずだ。なぜこうなる前に止めなかったんだ？」

「状況が変わっているのに気づいたら、たぶん止めていたよ。でも君たちは同じ劇団の仲間だった」

「今は違うわ」ケリーは立ちあがった。「これで満足でしょう、ラリー。もう帰って。私は辞めるわ」

「満足だって？　どうして僕にこんな仕打ちができるんだ、ケリー？　伯父に何て言えばいいんだ？」

「何とでも好きなように言って。私はかまわないわ。さあ、もう帰ってちょうだい」

「わかった、帰る！」ラリーもかっとなって応じた。「このささやかな幸運に感謝すべきだろうね。自分はもっと人を見る目があると思っていたよ！」彼はグラスを置き、ロスにうなずいた。「ありがとう」

「そして恋に破れた男は去った」玄関の扉が閉まると、ロスが言った。「彼がメドフィールドで君と同じくらい好条件の相手を探すのはひと苦労だろう」彼はケリーを見やり、彼女が答えないので、眉を上げた。「僕を責めないのか？」

「あなたを軽蔑するわ。本当に下劣な人！」

「そうさ。でも君に警告しなかったとは言わせない。ホール製作所との合併はうれしくないからね」

「そしてもちろん、私の気持ちは二の次よね」

ロスがかすかに笑った。「君はこの一件がだめになってほっとしているんだろう。ラリーは君のタイプじゃない。プロポーズする前に伯父の許しを求めるような男は一緒になる価値がない。あらゆる点で、彼は君を満足させられないんじゃないかな」

「なぜそう思うの？　女と愛し合えるのは自分だけだとでも思っているの？」

「いや。ただ君にほかのことをすべて忘れさせられるのは僕だけだと思っている」

「ラリーだってできたかもしれないわ」

ロスは首を振った。「まさか。君の嘘は僕にはすぐわかるよ、ケリー。しかも君は嘘がへただ」

「あらそう？」ケリーは顎を上げた。「でもこの前の晩はうまかったわ。あなたは私が眠っていると思ったでしょう。あの睡眠薬はただの小道具よ！」

「ずっと言わないつもりだったのか」少ししてロスが言った。「あれこれ悩んで損をした」

「悩むはずがないわ。そもそも良心がないのに！」

「でも僕には君を黙らせる手段がある」ロスの顎はこわばっていた。「やめておこう、ケリー。これは誰のためにもならない。こんなやり方は」

「どんなやり方でも同じよ。何も変わってないわ」

「そうかい？　噂《うわさ》はすぐに広まる。それでなくても僕らはすでにいろいろ言われていたはずだ」

「まさか。あなたはほとんど家にいないのよ」

「夜はいる。噂好きな者にとってはそこが重要だ。僕が頻繁に家をあけたって、誰にわかる？」

「シャロン・ウェストとか？」

彼は一瞬驚いた。「本当に早合点が得意だな」

「たいていちゃんとした根拠があるわ」ケリーの疑いは揺るがなかった。「否定するつもり？」

「僕は何も否定しない。君が相手では時間の無駄だ」短い間があり、彼の表情がかすかに変化した。

「僕らがこれからどうなるか真剣に考えてごらん。道はふたつある。今のままで続けていくか、君が頑固になるのをやめて、これを法的なものにするか」

「むしろ死んだほうがましよ！」

ロスはあざわらった。「君はまだ死ねない。女の喜びも知らないのに。君はいずれ僕と結婚する。そうせざるをえなくなる」

もう負けを認めて何もかも放りだしたいという思いは強かったが、ケリーはあらがった。「あなたに株を譲らなければね。譲ったらその必要はないわ。あなたは欲しい力をすべて持つことになるから」

灰色の目から何かが消えた。「それでも君には十パーセントの株が残る」

「従弟《いとこ》たちにもね。彼らもシンクレアではないわ」

「だが規則で彼らは社外で株を売れないことになっている。父は同じ制約を君に課すのを忘れたのさ」

「私を信じていたからよ。あなたよりずっと。私はラリーに株の権利を渡すつもりはなかったわ」

「そこを議論するつもりはない。もう終わったことだ。いずれにせよ君は彼を求めていなかった。ほかの男なら僕も同情したが、傷つきやすい友人がラリーのプライドの餌食になるのは見過ごせない」ロスはそこで間を置き、前より穏やかな声で話しだした。

「ケリー……」

「ああ、もうひとりにして。すべてあなたの思いどおりになったのよ。だから私をひとりにして！」

「ひとりにはできないよ。ふたりでこの家に縛られているんだから、最大限に楽しまないと」

「そのために嘘を事実に見せる必要はないわ」

「みんながそれを事実だと思っても？」

ケリーはきっぱりうなずいた。「ラリーは噂を流さないわ。だまされて私にプロポーズしたなんて、人に知られたくないはずですもの」

「伯父さんには何かもっともらしい説明をしなければならないだろう。プロポーズの噂は広まらないとしても、ほかのことは広まる。君が町の中を、それを言えばうちの店の中も、人目を気にせず歩きまわるには、噂からスパイスを抜きとるしかない。結婚証明書は多くの罪を帳消しにしてくれる。ふたりでがんばれば、きっとうまくいくよ」

少し間があった。やっと話しだしたケリーの声には生気がなかった。「疲れたわ、ロス。もう寝る」

「わかった。週末にもう一度話そう。僕は明日は朝だけ店に行くけど、君はたっぷり眠って晩のディナー・ダンスパーティに備えるといい」ケリーが反論する前に、ロスが目で黙らせた。「行くしかないよ。みんなが期待している。噂が広まる時間はないから、心配いらない」

「噂の原因はあなたよ」ケリーが苦々しい声で言うと、彼が口をきっと結んだ。

「僕が謝るのを期待しているなら、無駄だ。僕は君を強欲なラリーの手から引きはなすためならもっとひどいこともしたよ。じゃあ、昼ごろ会おう。ミセス・ペインは来るかい？」

ケリーはうなずいた。声を出せる自信がなかった。

「よし。先日の話では、彼女はあと二カ月で退職だね。君が仕事を続けるつもりなら、誰か住みこみで家事をしてくれる人を探さないと。ガレージの上の部屋は、ちょっと改装すれば使えるよ」

今度は言葉が自然に出た。「もう決まったような言い方ね」

「そんなことはない。君もいずれわかる」ロスはほほえんだ。「おやすみ。明日は明日の風が吹くさ」

ケリーは頭が麻痺《まひ》して何も考えられなかった。今必要なのは睡眠だ。数時間でも、すべての問題から解放されたい。驚いたことに、頭が枕に触れたとたん、眠りにつくことができた。

8

ケリーが十時に階下に下りたとき、家政婦がラジオを大音量でかけながら客間で掃除機をかけていた。

「居間と書斎はすんでますよ」ミセス・ペインは掃除機を止め、ポップミュージックの音量に負けじと声を張りあげた。「朝食は食べますか？」

ケリーは首を振った。「コーヒーだけで。自分でいれるわ。あなたもいかが？」

「いいえ、けっこう。今お茶を飲んだとこですよ」

ケリーはためらい、自分のききたいことは声を張りあげるほどのことだろうかと考えた。結局、妥協策としてラジオに近づき、音量を下げた。

「もうすぐ辞めるんですってね？」

「ええ、そうよ」ミセス・ペインはさばさばと答えた。「あと二カ月で六十六歳だから、自分への誕生日プレゼントよ。ミスター・シンクレアのおかげでちょっと蓄えもできたし、のんびりするのもいいかと思って」

「もちろんよ。でも六十六歳には見えないわね」

「それどころか、ときどき八十歳の気分になるわ。私の代わりが必要なら、誰か紹介しましょうか」

「実を言うと、ロスは住みこみで働ける人を欲しがっているの。ガレージの上に部屋があって……」

ミセス・ペインの顔が急に熱意を帯びた。「それなら、息子のビリーがもうじき結婚する相手がいいわ。その人は未亡人で、子供はいなくて、料理がとてもうまいの！　あのふたりはまだ住む場所がないから、ちょうどいいわ」彼女はケリーに口を挟むすきを与えなかった。「ビリーは庭師で、町の保養施設で働いているの。公園とか庭園とか。でもあいた時間にここの庭を手伝うくらい、喜んですると思うわ。エイデン・バクスターはもう年だから、ここの庭をひとりで世話するのは大変でしょう」

ケリーも同感だった。しかし長年勤めてくれたエイデンを辞めさせるのは忍びない。それでも何とかしなければならないことは目に見えていた。これで一気にふたつの問題が解決する。

「それはいいわね。もちろん部屋を準備しないといけないけれど。ずっと使っていなかったのよ」

「ペンキと壁紙さえもらえれば、自分たちでやりますよ。たぶんそのほうが喜ぶわ」

「もし子供が生まれたら？」ケリーはおずおずきいた。「あそこは家族で住むには狭すぎるわ」

「それはなさそうよ。ふたりとも四十過ぎだし」ミセス・ペインはくすくす笑った。「選《え》り好みしすぎたみたいね、うちのビリーは。あの子に話してもいいかしら？」

「まずロスに話してみないと。でも彼はあなたが帰る前に戻るはずよ。きっと賛成するわ。こんなにいい話はないもの！」ケリーは口をつぐみ、少し赤面した。「もちろん、あなたを失うのは残念だけど」

家政婦はまた笑った。「そんなに困らないで。私ももう年よ。父は毎日決まった時間に食事が出てくるようになって大喜びよ。私がここで働くのに文句を言ったことはないけど。おかげでいろいろ買えたし。でも今は子供もみんな独立して、暮らしも楽になったわ。ビリーは一生結婚しないかと思ったけど、いくつになっても遅くはないってことね」

私もその方針で行こうかしら、と思いながら、ケリーはキッチンに向かった。ロスの申し出を受けいれるなら今でも遅くはない。彼もいつかは私を愛するようになるかもしれない。もしそうならなかったら……それは受けいれるしかない。少なくとも私はマーゴットよりは彼の心をつかんでいる。

ロスは一時ごろ帰宅し、家に入ってくると鼻をひくひくさせた。「いい匂いだね」食堂から出てきたケリーに、彼は言った。「何かのお祝いかい？」

「ミセス・ペインはそのつもりよ。得意のチキン《コック・》の赤ワイン《オ・ヴァン》煮を作ったの。理由は食事のとき話すわ」

ロスはその知らせを聞いて即座に賛成した。「願ってもないよ。実際、その……ビリーだっけ？　彼を正式に雇うのも悪くない考えだ。この季節とはいえ、庭はずいぶん荒れてきているから」

「エイデン・バクスターはどうするの？」ケリーはきいた。「ただ辞めさせるわけにはいかないわ」

「そのつもりはないよ。同じ条件でかまわなければ、ふたり一緒に働いてもらえばいい。そうすればバクスターがたまに休みを取っても困らないだろう」

ケリーはうつむいたまま言った。「あなたはその気になれば同情的にもなれるのね」

「同情？　それより良識だよ。いずれにせよ、ここの仕事はひとりでやるには多すぎる。バクスターが引退したら、もうひとりアルバイトを雇おう」

ケリーが目を上げると、彼が問いかけるように見ていた。また胸が高鳴りだした。「今朝は何か新しい問題はなかった？」

「特になかった」ロスは待ち、そして慎重にきいた。

「ゆうべ僕が言ったことを、考えてくれたかい？」

「ええ」ケリーは小さな声で答えた。

「それで？」

喉が詰まってうまく声が出なかった。「あなたと結婚することにしたわ。あなたが望むなら」

「僕の望みだよ」ロスの声には得意げな響きはなく、ただ満足そうだった。彼はテーブルから椅子を引き、静かに言った。「こっちにおいで、ケリー」

ケリーはよく見もせずに彼を見返してから従った。引きよせられるままに彼の膝に腰かけ、しっかりと抱かれてキスを受けた。ロスの手は彼女の後頭部を包み、唇は優しく、しかも情熱的だ。ミセス・ペインが入ってきても、ロスはケリーを放そうとせず、彼女を抱いたまま家政婦にほほえみかけた。

「あなたが最初の証人だ、ミセス・ペイン。僕らは結婚するんだ」

「おめでたづくしね？　ミスター・シンクレアがいたら喜んだでしょうに！」

「本当にそう思う？」ケリーは思わずきいた。

「もちろんですよ。ミスター・ロスがいなくなる前に一度そう言っていましたよ。旦那さまは陰謀家ね」家政婦はほほえんだ。「デザートはいかが？」

ロスは笑った。「頼もうかな。僕の食欲はヨークシャーの水準に逆戻りだ！」

「いいえ、まだまだ。ふたりとも小食なんだから！今日はアップルパイとクリームよ。少しお待ちを」

「あれで噂《うわさ》は止められる」ロスが満足げに言った。

「誰が何を言おうと、彼女が押さえこんでくれる」

「あなたが気になるのはそれだけ？」

ロスはほほえみ、首を振った。「いや。君が気になるね。君をうんと言わせるには脅しが必要だった。でもゆうべ言ったように、僕は謝るつもりはない」

「何に関しても、あなたが謝ることは期待していないわ。それがあなたのやり方でしょう？」

「君はそれを受けいれるのか？」

「ほかに仕方がないわ」ケリーはためらい、思いきって彼の目を見た。「ロス、何もかも一気に進めようとはしないで。つまり……」

「わかるよ」ロスは謎めいた表情でケリーの顔を探った。「結婚まで待ってほしいのなら、すぐに結婚するしかない。来週はどうだい？　ハネムーンはクルーズにしよう。この季節なら南アメリカかな」

「お店はどうするの？」

「店はどうするって？　新年まで僕のすることはあまりない」ロスはまた軽くキスをした。「君もクルーズを気に入るよ。何ならクリスマスのあとまで延長してもいい。リオのクリスマスはどうだい？」

彼は急ぎすぎる。少し考える時間が欲しい。「例のパーティは？　私はもう人を招待しているのよ」

「劇団の人たちかい？」

「ええ……でももう団員ではないから、中止にしてもいいけれど。ジルはがっかりするわ」

「ジル？」

「いつかの晩、あなたが帰ってきたとき、あなたに流し目をしていた女性よ」

ロスは皮肉な笑みを見せた。「気づかなかった。ふたりきりになったら君をどうしてやろうかと考えるのに忙しくてね」彼はケリーの顔を探った。「それももうすべて過去のことにできるかい？」

「ええ」すぐには難しいけれど、ほかに答えようがない。再び家政婦が入ってきて、ケリーはどきりとした。まだ同じ場所にいるのが気恥ずかしかった。

「気にしないで」家政婦は陽気に言った。「三人も娘を育てれば、すべて経験ずみよ」彼女はトレーを置き、もう一度にっこりした。「あとはご自由に」

ケリーは家政婦が出ていく前にロスの手を逃れ、息を切らしながらテーブルに着いた。「ミセス・ペイン、お部屋のことは大丈夫よ。今夜、ビリーと婚約者に伝えてちょうだい」

「明日にでも会いに来てもらおうかな」ロスが提案した。「僕は息子さんを正式に庭師として雇いたいんだが、その可能性はあると思うかい？」

「もちろんですよ、お金がよければね」

「きっと満足してもらえるよ。バクスターはとどまることになるけど、この冬が最後かもしれない」

「ええ。それに息子は結婚するし！」ミセス・ペインはうれしそうにほほえんだ。「ビリーがここで働けるなんてありがたいわ！　ふたりとも働き者よ、ミスター・ロス」

「だろうね。じゃ、明日。三時ごろに」

アップルパイはいつもどおりおいしかったが、ケリーはしばらくつついたあとでスプーンを置いた。

「もうおなかがいっぱいよ」

ロスはすでに食べおえ、コーヒーポットに手を伸ばしていた。「君はミセス・ペインまで陶器のポット派に変えたようだね。ミルクは入れるかい？」

「ええ、お願い。でもそれは私がやるべきことね」

「別にかまわないだろう？」ロスはカップをケリーのほうに押しやった。「タウンホールには七時ごろに行けばいいけど、それまでどうしたい？」

「何でもいいわ。あなたに任せる」

ロスは首を振った。「僕がしたいことを君はしたがらないくせに。いや、文句を言ってるんじゃない。そんなにはね。一週間なら待てるよ、ぎりぎりで」

「一週間は短すぎるわ」ケリーはそっと反論した。

「いや、短くない。この状況ではね。僕らは家族もいないし。エンプレス号は金曜日にサウサンプトンを出て、六週間かけてカナリア諸島からブラジルをまわる。金曜の朝に結婚してすぐに出発しよう」

「まだ船室があいてるって、どうしてわかるの？」

「今朝の新聞で宣伝していたからさ。トーマス・クック社に電話すれば予約してくれる」

「準備が間に合わないわ。適当な服もないし」

「店で選べばいい。もしシンクレアで見つからなければ、リーズまでほんの一時間だ」ロスは口元を結んだ。「もう言い訳はなしだ。電話してくるよ」

彼が部屋を出ていくと、ケリーはじっと座って頭を整理しようとした。クリスマスの南アメリカ。それ以上に、ロスと過ごす南アメリカ。シンクレアから離れて過ごす六週間。ただ一緒にいるための六週間。確かに急いで準備する価値はある。急にケリーは予約が取れますようにと必死で祈りたくなった。

ロスが戻るまでずいぶんかかった気がした。彼がほほえんでいるのを見て、ケリーはほっとした。

「すんだよ。Aデッキの最後の船室が取れた。午後、町に行って支払いをするよ。一緒に来るかい？」

ケリーは首を振った。「遠慮しておくわ」

「ラリーに会うのが怖いのか？」

「怖いというより気まずいのよ。彼は今日、私と一緒に指輪を買いに行くつもりだったの」

「僕らも買わないとね」ロスはケリーの表情を読みとった。「指輪はないと思ったのか？ 短い婚約期間だけど、手は抜かない。ついでに君の結婚指輪も選ぼう。僕は指輪なんかはめないけどね。それは雄牛の鼻に輪を通すみたいなものだ」

「つまり、独り者みたいに見せたいのね」

「待ってくれ」ロスは穏やかに言った。「深読みはしなくていい。冗談だよ。もっと僕を信頼してくれないと。過去は過去だから」

彼は饒舌《じょうぜつ》だが、ケリーの聞きたい言葉は言わない。一度でも愛していると言ってくれたら、たとえ本心でなくても、すべての不安が消えるのに。

「ひとつ聞かせて」ケリーは言った。「この数週間、シャロン・ウェストには会っていたの？」

「仕事以外では会っていない」食いしばった顎が、それ以上きくなと告げていた。「一緒に町に行こう。そして今夜、君はその指輪をつけるんだ」

「発表はしないの？」ケリーは驚いてきいた。

「必要ない。指輪を見れば人は推測するし、見なくてもすぐに噂を聞くだろう」ロスは腕時計を見た。「もう二時過ぎだ。メドフィールドで見つからなかったら、月曜まで待ってリーズに行こう。でもレイノーズにもかなりいいものがそろっているよ」

　ケリーにとってその午後は試練でもあり、陶酔のひとときでもあった。旅行代理店は書類をそろえて待っていて、次の水曜までに手続きをすませると約束した。レイノーズは町いちばんの宝石店として、予想以上の高価な宝石を取りそろえていた。ロスと店員の助けを借りて、ケリーは一粒ダイヤの指輪を選んだ。高価すぎる気はしたが、それは彼女の指にとてもよくなじんだ。結婚指輪には、飾り気のない太めの指輪を選んだ。店員がケリーの指にそれをはめたとき、彼女の心臓は宙返りをしそうになった。

　ロイヤルホテルのロビーで紅茶を注《っ》ぎながら、ケリーは自分の指で光るダイヤをひどく意識した。

「きれいな指輪ね」ロスに見られているのに気づいて、ケリーは言った。「なくさないかと心配だわ」

「保険をかけてある」ロスは言った。「パーティに間に合うには、急がないといけないね」

　ケリーはちらりと彼を見て、何か違和感を覚えたが、彼の表情からは何も読みとれなかった。「間に合うわよ。支度ならすぐにできるわ」

「僕はそうさ」ロスの目に笑いが戻った。「僕が考えていたのは君のことだ。外出前のおめかしに二時間以上かからない女性には会ったことがない」

ケリーは明るい声で応じた。「どんな原則にも例外はあるわ。あなたより先に支度してみせるわ」

「わかった。もし僕が勝ったら、罰金をもらうよ」

ふたりは六時前に家に着いた。ケリーはすでにドレスと清潔な下着と金色のサンダルを出してあった。シャワーを浴び、化粧をしてドレスを着こみ、髪を整え、二十分後には姿見の前に立っていた。ドレスはクリーム色がかった濃いベージュの絹のジャージーで、上半身をぴったり包み、腰から床まで優美なひだが渦を巻くようだった。襟は高めでフードがついていて、金色の三つ編みのベルトを中世風にゆったりと腰で結んでいた。

ドアにノックの音がして、ロスが言った。「支度ができていてもいなくても、入るよ」

ケリーは振りむいた。入ってきたロスが彼女の全身をさっとながめ、うれしそうに目を輝かせた。

「きれいだよ」彼は口元に笑みを浮かべて近づいた。

「ノーブラかい？　年寄り連中がどう思うかな？」

「着けられないのよ。外からわからないようなブラがなくて。別のドレスにするべきかしら？」

「そして僕の晩を台なしにするのか？」ロスは笑いながら首を振った。「男は君から目をそらすかもしれないが、不平をこぼすのは彼らの連れ合いだよ」

「問題はそこよ。そうでしょう？」ケリーは真顔で言った。「私はそんな関心を引くべきではないわ」

ロスがいとしげに首を振った。「ケリー、僕らはあの店の所有者なんだ。筋の通ったことなら何でも好きにしていい。自分の基準に従えばいいのさ」

彼女は一瞬彼を見た。「そしてあなたの基準に」

「君はいつもそれに対抗してきただろう。もう迷わなくていい。君はこれからシンクレア家の一員だ。シンクレアは迷わない。自分が間違っていてもね」

「ああ、神さま」ケリーが言うと、ロスがきらりと目を光らせて彼女を抱きよせた。

「遅れるよ」しばらくして、ロスがまだケリーを抱いたまま言った。「少なくとも船に乗ったら、僕らはもう人にわずらわされなくてすむ。みんな僕らがハネムーンに出かけたと察するよ。少なくとも最初の一週間は、完全にふたりきりで過ごせるだろう」

「口紅を塗りなおさないと」ケリーは心もとない声で言った。「それに髪がまた乱れてしまったわ」

「不平だらけだな！」ロスはほほえんだ。「でも少なくとも僕が君の髪を乱している間、君はそのことを考えなかったね。先に行って車を出すよ」

シンクレアの重役たちはタウンホールの玄関の前に集まって立っていた。まばゆい紫色のタフタドレスに身を包んだベリル・グレッグソンが最初にロスとケリーを見つけ、夫を勢いよく小突いたので、夫はシェリー酒のグラスを取りおとしそうになった。一同は我先にふたりを取りかこんだ。

ミセス・グレッグソンと握手をしたとき、ケリーは相手が指輪を見て目を丸くするのに気づいた。ミセス・グレッグソンはすぐにほかの妻たちに耳打ちし、その妻たちがこっそりケリーを見た。ディナーが始まるころには部屋じゅうに知らせが行きわたり、もちろん臆測も飛びかうだろう。相手はロス？　それとも別の人？　だとしたらなぜここにいないの？　そのうちきっと誰かが耐えられなくなってきくだろう。でもどうせいずれは知れることだ。今日のニュースなど金曜日のニュースにくらべれば何でもない。

金曜日。あと一週間でロスと結婚するなんてありえない気がする。今、白と黒でぱりっときめた彼の装いを見ても、まだ信じられない。先刻寝室で、彼はケリーに対する体の欲求を再度強調した。それだけは確かなことだ。当面は、自分の中にもっと深い感情があることだけで満足するしかない。

社内行事として、パーティは大成功だった。堅苦しいディナーが終わると、ロスがバーに行ってみなに最初の一杯をおごり、一気に場をなごませた。そしてすぐに周りの若い社員たちと気さくに話しはじめた。ケリーは部屋の反対側でグレッグソン夫妻とフィールディング夫妻につかまっていたが、折を見てそつなくその場を離れ、ロスのそばに移動した。

「社内の組織改革について話していたんだよ」ケリーが近づくと一瞬会話がやみ、ロスが言った。ケリーは顔をしかめた。

「今夜はお店の話はなしよ！」

「始めたのは僕らですよ、ミス・レンダル」横に立っていた若者が言った。「僕らはみんなシンクレアがどうなるのか、すごく興味があるんです」

「一大改革よね」ケリーは素直に認め、若者に向かってにっこりした。「前にどこかで会ったかしら」

彼はかすかに顔を赤らめ、急に気まずげな顔をした。「覚えていらっしゃるとは思いませんでした。二、三年前にあなたをダンスに誘って、先代のミスター・シンクレアに断られたんです。無謀でした」

「もう一度試したらどうだい？」ロスが言った。「この音からして、ディスコは最高潮のようだ」

ケリーは即座に反応した。「そうしましょう。私が羽を伸ばすのは久しぶりよ」

「ああ、それなら」若者がにっこり笑うと少年のように見えた。「よろしいですか？」

ケリーは笑いながら彼と一緒に両開きのドアを抜けた。重役夫妻の非難がましい視線に気づいたが、急にどうでもよくなった。ディスコにはすでに人が大勢いたが、暗いので、すぐそばで踊っている者たち以外、誰もケリーの存在に気づかなかった。

音楽に合わせてしだいに体がほぐれていくのを感じながら、ケリーは何年かぶりに楽しんでいる自分に気づいた。長年、年配の人たちとつきあってきて、自分もその年代の気分になりはじめていた。ラリーといても、あまり若返った気はしなかった。たぶん彼自身が年齢より老けているからだろう。ほんの二十四時間前、ケリーは彼の伯父の家にいた。方法はどうあれ、ロスが止めてくれて本当によかった。今着けているのがラリーの指輪だったらと想像するだけで寒気がする。それを振りはらうように、ケリーは若者に向かって明るくほほえんでみせた。

「ダンスが上手ですね！」彼が声を張りあげ、聞こえるように顔を近づけた。「想像とは大違いだ！」

ケリーには彼の言いたいことがよくわかった。会社の幹部のイメージとは違うということだろう。シンクレアでは重役と一般社員はまったく接点がない。

数分後に音楽がバラードのメドレーに変わり、ほとんどのカップルが互いに近づいて踊りはじめた。ケリーの相手は一瞬ためらったが、すぐに両手を彼女の腰にまわした。ぴったり抱きよせはしなかったが、せっかく打ちとけた相手に堅苦しくふるまうつもりはなさそうだった。ケリーもほかの女性たちのように彼の肩に両手を置き、体の力を抜いて、彼と一緒にゆっくりとステップを踏んだ。

「個人的なことをきいてもいいですか？」少しして彼がきいた。

ケリーは一瞬驚いたが、質問を予想してほほえんだ。「いいわよ。答えられないかもしれないけど」

「悪いことじゃないですよ。ただ……あなたとミスター・シンクレアは婚約したって聞いたので」

ケリーは努めて事務的に答えた。「そのとおりよ。つい昨日のことで、まだ何も公表していないの」

「やった！」若者はうれしそうに言った。たぶん、自分がいちばん最初に噂を確認したからだろう。

「シンクレアの変化については、あなたはどう思う？」それ以上きかれる前に、ケリーは言った。

「最高ですよ！」彼は心から言った。「働きやすい会社だけど、ちょっと古風だったから」彼はふとためらい、再びにっこりした。「事実でしょう」

「私もそう思う。少しマンネリぎみだったわね」

「どこまで変えるんですか？」若者は勢いづいて言った。「誰も知らないんですよ。少なくともスポーツ用品売り場では」

「できるところまでよ」ケリーは考えもせずに答えたが、言ったあとで心の重荷が下りた気がした。

「すべては会長しだいよ。その道の専門家だから」

「彼は最高ですよ！」どうやら彼の好きなほめ言葉らしい。「もちろん先代のミスター・シンクレアもよかったけれど、あまり会えませんでしたから」

　ふたりがディスコから戻ると、ロスはまだ同じ人たちと話していた。彼はケリーに向かって眉を上げ、憎らしいほどそつなくその一団を離れた。

「じゃ、楽しんで。まだ夜はこれからだ」

「重役たちのご機嫌も取ったほうがいいわ」ふたりで歩きだしながら、ケリーは言った。「みんなちょっとつまらなそうな顔をしているから」

「食事中ずっと一緒にいただろう」ロスは平然と言ったが、ちらりとケリーを見て肩をすくめ、ほほえんだ。「わかったよ。別の場所でもダンスが始まっているから、ミセス・グレッグソンを誘ってみる」

　そのあとはみんなが混ざりはじめた。ケリーはアーノルド・グレッグソンと踊り、アーサー・フィールディングとも踊ったが、どちらもあまり軽快ではなかった。先刻一緒に踊った若者がドア口に立っているのに気づいて、アーサーの肩越しに顔をしかめてみせると、すぐに若者もしかめ面で応じた。

　ロスとは一度、それもほんの五分ほど踊っただけだった。それからしばらくして、ロスがシャロン・ウェストを誘うのが見えた。シャロンはごく自然に彼に抱かれ、ロスもその接触を楽しんでいるように見えた。ケリーは頬をぱっと染めて顔をそむけた。よりによってなぜ今夜そんなことをするの？　今日の午後、シャロンとの関係を否定したばかりなのに、今の彼を見ていると、とても親密そうに見える。

それ以後ケリーは何も楽しめなくなり、一時ごろにパーティが終わったときには心底ほっとした。別れの挨拶の間、ロスはずっと横にいたが、先刻まではどこか違っているような気がした。

やっと冷たい外気の中に歩みでると、ケリーはロスに助けられてジャガーに乗りこんだ。彼が運転席に座るのを待つ間に、ディスコで一緒に踊った青年がシルバーグレーのジャガーを羨望の目で見ながら階段を下りてくるのが見えた。笑ったりしゃべったりしながら夜行バスの乗り場に急ぐ社員たち。ふとケリーは、私もあの中のひとりだったらいいのにと思った。彼女はそれまで夢の世界に生きていた。ロスに愛されなくても大丈夫だと思いこんで。でも今はすべてが欲しい。すべてか、さもなければゼロか。

ロスは家に着くまで無言だった。やはり何か考えている。ケリーは彼が車を車庫に入れている間に家に入り、真っすぐ寝室に上がってドアを閉めた。なぜ私がおやすみの挨拶もしないのか、自分で考えればいい。まだわからないのなら。

服を半分脱ぎかけたとき、ロスが上がってくる物音がした。右に曲がって自分の部屋に行くかわりに、足音はケリーの部屋の前で止まった。ケリーが脱いだばかりのドレスをさっとつかみ、体に当てたとき、いきなりドアが開いた。

「そんなふうに入ってこないで！」ケリーはぴしゃりと言った。「私たちはまだ結婚していないのよ」

「していなくて幸いだ。これをはっきりさせるまではね」ロスは険しい声で言った。「僕はただ君とのごたごたを避けるために一生ほかの女性を避けて過ごすつもりはない！」

「特定の女性でしょう？」

「いや、旧友だ。十分間、旧友と踊って戻ってきたら、君はナイフで僕を刺しかねない雰囲気だった」

「あなたたちは友達以上よ」

「違う。友達以上だった、大昔の話だ。そのころ君は学生で、張り合える相手ではなかった」

「私の直感はあなたを嫌えるだけ発達していたわ」

「そうだった。厄介な年齢だよ、十五歳は。どっちつかずでね。当時は九歳の差は大きかった。僕にとって君は子供だった」ロスは間を置いてから続けた。「今夜の君はまた子供に戻ったよ」

「シャロンとマーゴット、ほかに何人いるの？」

「何が欲しいんだ？　手書きの名簿か？　僕らは過去を忘れるはずだろう」

「絶えず見せつけられて、どうして忘れられるの？　あなたは私の過去の情事について知りたい？」

「いいや」ロスは認めた。「これが身勝手な態度だってことはお互い認めたけど、でも現実だよ。僕らは性的な関係を別の角度から見ている。君は性的な関係を持つ前に結婚したいと言う。それならそれでいい。でもふさわしい人に出会うまで独身を通したがる男は、あるいは、そうできる男は少ないよ」

　怒りは消えたが、痛みは消えなかった。「私はあなたにふさわしいのかしら？」ケリーはかすれ声で言った。「これはただの体の欲求でしょう？」

「つまり僕はほかに君を抱く手段がないから結婚するってことか？　君はシンクレアを忘れている」

「いいえ。忘れるはずがないわ。でもあなたが体で惹《ひ》かれていない相手に縛られたがるとは思えないわ。私はそれでは満足できないのよ、ロス」

「満足させたくても、君がその機会をくれないじゃないか。でも仕方ない。僕らはもう引きかえせない。君は僕の指輪をはめているし、金曜にはもうひとつはめる。それまでに何があろうと、それは有効だ。だから今僕に君の疑念をいくぶんかでも解消させてくれても、君が失うものは何もない」

ケリーの唇が皮肉にゆがんだ。「ついさっきまで猛烈に怒っていたのに、今は私を抱きたいのね」

「そういうものさ。そのドレスをそんなふうに体に当てているのは、挑発しているようなものだ」

「挑発する気はない。だから下ろさないのよ」ケリーは胸が詰まった。「お願い、行って、ロス。私もこれからは例の別の角度を思いだすようにするわ」


ロスはあきらめて肩をすくめた。「お好きなように。明日の朝会おう」彼はキスもせずに出ていった。

つまりそういうことだ。ケリーはぼんやり考えた。私は金曜日にはロスの妻になる。もちろんまだやめられる。誰も結婚は無理じいできない。でもほかに解決策はあるだろうか？　もうこの状態では一緒に住みつづけられない。現実を受けいれ、いずれ時間とともに彼と親しくなれる日が来ることを願うしかない。時間と、そして私の側の少しばかりの努力で。ロスは変わらないだろう。変わるのは私のほうだ。

9

ビリー・ペインと婚約者のシーラは約束どおり日曜の午後にやってきて、三十分もせずに話はついた。ビリーは町の仕事を辞めてすぐに働きはじめ、一方のシーラは五週間後に未来の義母から仕事を受けつぐことになった。それまでに部屋を準備しなければならない。ふたりとも部屋を見てとても喜んだ。

「すぐにきれいにしますよ」業者に頼もうというロスの申し出を断り、ビリーはきっぱり言った。「母親の家の壁紙貼りやペンキ塗りもずっとやっていたから、お安いご用です。ただ、材料さえあれば」

「家具がないのもうれしいわ」シーラがケリーに言った。「私は家具をたくさん倉庫に保管しているの。

好きなものだけ選んで、あとは処分するわ」

「いい人たちだね」ふたりが去ったあとでロスが言った。「でもあの大男をビリーとは呼べないよ！」

ケリーは笑った。「そう呼ぶのは母親だけよ。彼女にとってはいまだに大人の男というより息子なのね」彼女は間を置き、ちらりと横目でロスを見た。

「あなたはお母さまのことをよく覚えているの？」

「かなりね。とても無口で優しい人だった。あまり丈夫ではなかったな。僕を産んでから完全に回復しなかったんじゃないかな」彼は居間の暖炉の火を見つめて回想した。「父と母は正反対だった。君のお母さんのほうが父には向いていた気がするよ」

ケリーは静かに言った。「まだ母がお金目当てで再婚したと思っている？」彼が振りかえり、顔をしかめるのがわかった。

「当時の僕はぶしつけだった。たぶん父の再婚自体が気に入らなかったんだ。実際、君のお母さんのことは大好きになった。だから事故は悲しかったよ」

「悲しすぎてお葬式に来られなかったの？」それはずっと心に引っかかっていたことだった。

ロスは彼女の目を見つめた。「来たかったさ。でも父に電話したら、父の言うとおりの条件でここに永住するのでなければ、来ても無駄だと言われた」

ケリーはゆっくりと息を吸いこんだ。重荷が下りたような気分だった。「ごめんなさい、ロス。私はずっと、あなたは無関心だったのかと思っていた」

「無理もない」ロスは皮肉な声で言った。「結局父は我を通したね。僕は父の条件どおり戻ってきた」

「そうでもないわ。私はもうシンクレアのことであなたの邪魔はしない。必要なら何でもしてちょうだい。古い顧客を少し失うとしても、あなたの言うとおり、感傷でビジネスはできないわ。ただ……」ケリーはためらった。彼の目の温かさを曇らせたくなかった。「あまり味けないお店にはしないで」

「味けなくはならないよ。見ていてくれ」ロスは立ちあがり、ソファに座っていたケリーに近づいて立ちあがらせた。「きっとすべてが一変する」

でも彼の気持ちは変わらない、とケリーは抱きよせられながら思った。彼はまだ愛していると言わない。でも何を期待していたのだろう？　愛は買うものではなく、勝ちとるものだ。勝ちとってみせよう。いつかきっと彼も心からその言葉を言うようになる。それを信じなければすべてが無意味になってしまう。

月曜日のお茶の時間にケイト・アンソニーが大きな封筒を持ってきて、笑いながらケリーに手渡した。

「店員があなたに渡してくれって」秘書は言った。「たぶんスポーツ用品売り場の人よ」

中身はカードで、服を着たふたりの天使がバーに立ち、かなり酔った様子で乾杯している絵が描かれていた。そのうちの男のほうはギャングのような銃を持ち、あからさまな流し目を送っている。女のほうは横目ではにかみながら誘いかけている。その上に大きな文字で〝おめでとう〟と書いてあった。中には十数人の署名があり、その横にさまざまな売り場の名前が書かれている。名簿のいちばん上の名前はスポーツ用品部のデイヴ・ローソンとなっている。土曜の晩、一緒に踊った若者に違いない。そしてほかの人々は、ロスが一緒に飲んでいた社員だろう。

「ここまでしてくれるなんてうれしいわ！」ケリーは叫び、再び絵を見て笑った。「生意気だけど」

ケイトはカードを見て眉をひそめたが、目は笑っていた。「ちょっと意味深ね」

「ええ」ケリーはそれを受けとり、デスクの端に立てた。店ではもうそのニュースが知れわたっているのだろう。「みんなの反応を見てみたいわ」

ケイトは自分の席に着いてから淡々と言った。

「数週間前はあなたとミスター・シンクレアが結婚どころか、仲よくなることさえ考えられなかったわ。

あの日、会長室に入っていったらおふたりがいて、あなたは全然うれしそうには見えなかったもの」

「数週間あればいろいろあるわ」ケリーは軽くかわした。「私たちにはバラット兄弟以外、親族はいないから、待つ必要はないし」すでに金曜の計画のことは秘書に話して口止めしていた。「とにかく、本格的にお店の改革が始まる前に帰ってきたいのよ」

「ええ、これからしばらく、ばたばたしそうね」まんざらでもなさそうな口調だ。「ミスター・シンクレアが来てから、本当にいろいろ動きだしたわ！」

そのあと少しして、ケイトはまた出ていった。ケリーは衝動的にインターコムのスイッチを押した。

「今忙しい？」ロスが出ると、ケリーは言った。「見せたいものがあるの」

「大丈夫だ。こちらに来てくれ」

カードを見て、ロスは大いに笑った。

「きっと君の長年の崇拝者のしわざだな。彼はなかなか能力がありそうだ。僕から礼を言っておく」

「叱ったりしないでしょうね？」

「しないよ。でも、あまりそのかすと、彼が花束を持って君の前に現れたりするかもしれないな！」

「花束の代わりに何かほかのものを持ってね。ヨークシャーの男が女に花を贈るなんてありえないわ！　そんな姿を人に見られるのはいやでしょう」

「確かに」ロスは身を乗りだし、笑みを浮かべて彼女を見た。「金曜日、君は花束を持つつもり？」

「持つとしても薔薇《ばら》を二本ぐらいよ」ケリーは少し間を置いた。「やっぱりリーズに買い物に行こうかしら。お店で買い物をしたら噂《うわさ》になるでしょう」

「そしてあれこれ臆測される」ロスは肩をすくめた。「いずれにせよ、僕らがそんなに早く結婚したら、あれこれ言われるよ。君が数キロ太っただけで、やっぱりね、となる」

「それも金曜まで待つことへの、あなたの反論のひとつ？」ケリーが言うと、ロスはまたほほえんだ。

「いや。でもいい反論かも。気が変わったかい？」

「いいえ」

「残念だ」ロスは軽く応じた。「二日ほど休みを取ってロンドンまで行ってきたらどうだい？　この時期なら、あそこのほうがいろいろ選べるだろう」

「泊まりがけで？」思わずぶっきらぼうな声が出た。

「禁欲しなければならない夜がひと晩減る」

　私についてはね、とケリーは思ったが、すぐにそんな自分を恥じた。ロスの言うとおりだ。彼の一挙手一投足を疑って一生を過ごすわけにはいかない。

「悪くないわね」ケリーは気まずい空気を打ち消したかった。「明日の朝八時四十分の列車で出発して、水曜の午後三時五十分の列車で帰ってこられるわ」

「いいね。それはそうと、ミセス・ペインに今夜は何もいらないと言っておいた。外で食事をしよう」

　翌朝、ロスはケリーを車で駅まで送った。

「今夜はショーでも見ればいい。気晴らしになる」

　ロンドンのホテルに着いたのは正午過ぎだった。荷ほどきはせず、手早く化粧を直して再び外に出た。買い物に時間をかけるなら昼食は簡単にすませるしかない。結局、夕食にもっといいものを食べることにして、サンドイッチとコーヒーだけですませた。

　ケリーは買い物を楽しんだ。ロスの目を意識して服を選んでいると思うと、ますますやる気が出た。もともと服装に関しては保守的なので、以前なら目も向けなかったような服を、ロスが気に入ると思っただけで試着したりした。水着に同色の絹のスカートと上着を合わせたセットは、どちらの色も気に入って選べないので、贅沢《ぜいたく》だとは思いつつ、一生に一度のことと割りきって、両方買うことにした。

　クルーズ用の服に加えて新しい下着も買った。一から生まれ変わると思うとうれしかった。薄い透ける素材でできたナイトドレスとネグリジェもそのひとつだ。それを着て朝食の席に座る自分が目に浮かぶ。もちろん、それなりに化粧をして、髪も整えて。夜中にヘアカーラーをつけなくてすんでよかった！　つけなければならない女性はどうするのだろう？

　ホテルに戻ったのは六時十五分ごろだった。ケリーはベッドに倒れこみ、明日はもう少しゆっくりしようと思った。朝、スーツケースを預けてから、買い残した小物を買いに行こう。でもその前に今夜を過ごさなければ。ロスが一緒だったらいいのに。彼に電話をしたいけれど、まだ帰宅していないだろう。でもショーのことを考えるには遅すぎる。チケットを手に入れて支度を終えるころには、食事の時間がなくなるだろう。でもおなかはすいている。やはり今夜はホテルのレストランで食事をして早くやすみ、明日は早く出発しよう。急いで買い物をすませれば、正午の列車に間に合うかもしれない。

　急ぐ必要がなくなったので、シャワーを浴びて着がえるのに一時間近くかかった。七時半に再びベッドに腰かけ、期待に胸をふくらませながら受話器を取り、メドフィールドに電話をした。

　三十分後に再び電話をしても、応答はなかった。たぶん外で食事をしているのよ、と心につぶやいたが、それが本心でないのは自覚していた。一泊しろと勧めたのはロスだった。なぜ？　シャロンと最後の密会をするため？　最後でさえないかもしれない。何しろあと六週間はシャロンとベッドをともにすることはおろか、会うことさえできないのだから。

　ケリーは食事には行かず、十五分置きに電話をかけつづけ、とうとう九時にあきらめた。長く暗い夜を、空腹と疑念の苦しみにさいなまれて過ごした。朝が明けるころには疲れきっていたが、ひとつだけ決意していた。たとえシャロンを呼びつけることになっても、ロスに事実を白状させよう。そのあとどうなるかはわからない。しかし心の底ではまだ、それが自分の誤解であることを願っていた。

その状況で買い物をするのはつらかった。前日買った服に必要なものだけ買い足し、正午の列車に乗った。結局、買い物は無駄になるかもしれない。

でも何はともあれ、何か食べなければ。そして食事をしたおかげで、旅の大部分をやりすごすことができた。それから一等車両の隅に座り、見るからに話し相手を欲しがっているもうひとりの乗客に話しかけられないように、眠ったふりをした。やがてその女性客はダービーで下車し、ケリーは心地よい揺れと睡眠不足のおかげですぐに本当の眠りについた。

夢はとても鮮明で、物音まで聞こえた。頭の中だけでなく耳でも。自分が眠っているのではなく横たわっているのだと気づくまで少しかかった。脚は倒れかかった向かい側の座席の下に挟まっていて、周りには煙が漂い、客室の天井はひび割れているというか、両側から押しつぶされた感じだ。実際、客室全体が小さくなっていて、ドアと窓はゆがみ、窓ガラスは割れていた。コート掛けから落ちたコートがガラスの破片からケリーの体を守っていた。見ると無数の破片が冬の西日を受けてきらきら光っている。

ショックだった。目を閉じて思いだそうとしても、夢と混じってよくわからない。ケリーはロスと口論していた。そのうちケリーが叫び、ロスが手を伸ばして彼女を乱暴に椅子に押しもどした。叫び声はまだ続いていた。列車の中からも外からも、さまざまな声が聞こえてくる。誰かが叫んでいる。苦しむというよりヒステリックな声だ。ケリー自身は膝から下が麻痺《まひ》している感じで、痛みを感じなかった。それはよくない兆候だと、いつか何かで読んだ気がするが、何の兆候かは思いだせない。頭はふわふわして体から離れているようだ。スーツケースが遠くに落ちたのは幸いだった。しかも閉じたままで。上等の品を買ったおかげだ。革はどんな人工素材より丈夫だと、アンドリューがよく言っていた。

誰かが、あるいは何かが、外側のドアをねじ曲げ、ゆがんだ金属をこじあけていた。煙が濃くなり、ケリーは咳《せ》きこんだ。誰かが言った。〝ちょっと待って。今出してあげるから〟しかしケリーはどうでもよくなっていた。呼吸は刻一刻と苦しくなり、煙には何か別の匂いがした。息さえできれば……。

次に気づいたときには、サイレンを鳴らして走る救急車の中にいた。顔にはマスクがかぶせられ、そこから妙な味のする冷たい空気が鼻と口に入ってくる。片手を上げてマスクをはずそうとすると、誰かがその手をつかんでそっと元に戻した。

「煙を吸いこんだんですよ」制服姿の青年が言った。「酸素で肺をきれいにしているんです。もうすぐ着きますよ」

どこに？　家？　一瞬、意識が急に戻った。ロス！　誰かロスに知らせてくれただろうか？

そのあとはまた長い夢の中に戻ったようだった。救急車から運びだされ、天井の真ん中に等間隔でライトが並んだ長い廊下を進み、エレベーターに乗り、また長い廊下を進んでやっとベッドに横たえられ、優しい手で服を脱がされるのが、おぼろげにわかった。そこで初めて脚に鈍いうずきを覚えた。何かを飲まされ、ちくりと針が刺されるのを感じた。しだいにすべてがかすんでいった。

次に目覚めたときは、覆いのついた電灯がともっていた。ケリーはふたつの枕を背に上半身を半ば起こした状態で横たわっていた。両手はだらりと垂らしている。ロスがベッドの横に座り、ケリーの片手を握っていた。長い間眠っていないような顔だ。

「やあ」彼がそっと言った。「気分はどうだい？」

「喉がからから。舌が乾いて上顎に張りついてる」

ロスが手を放して立ちあがり、オレンジジュースをグラスに注《つ》いだ。「支えていてあげようか？」

「いえ、大丈夫よ」ケリーはグラスを受けとり、中身を飲んだ。液体とともに新しい命が流れこむような気がした。「おいしい！」彼女は長い間ロスを見つめ、その表情を読もうとした。「ずいぶん疲れた顔ね」ついに彼女は言った。「いつからここに？」

「二時間前からだ。四時半に電話があって、今は八時過ぎだ」声が荒くなった。「君が脱線事故にあって入院したとだけ聞かされて。僕は地元のラジオでそのニュースを聞いていたけど、君は三時五十分の列車に乗ると思っていたんだ」

「急に気が変わったのよ」その理由は考えたくなかった。「ごめんなさい。ショックだったでしょう」

「ショック？」ロスはその言葉の大きさを測ろうとするように言った。「ああ、そう言ってもいいだろう」彼の視線がケリーの顔を隅から隅までなぞった。その目の表情を見て、ケリーの胸が高鳴った。「覚えているのは、もし君が死んだら僕には何も残らないと思ったことだ。ケリー、僕は君を愛している。今日の午後、初めてこの言葉の意味に気づいたよ」

「ロス」ケリーはかすれ声で言い、片手で彼を求めた。「ああ、ロス、どれほどその言葉を聞きたかったか！　今まで一度も言ってくれなかったわね」

ロスはちょっとほほえみ、彼女の手をぎゅっと握った。「それを言えば、君もだ。単なる体の欲求だと、この前の晩そう言っていただろう」

「そうやって受けいれようとしていたの」ケリーの目がかすんだ。「愛しているわ、ロス。たぶんずっと前から。あなたを大嫌いだったころから。私を子供扱いせずに認めてほしかったのよ。あなたが家を出ていったときは、この世の終わりかと思った」

ロスは首を振った。「単なる少女の初恋だよ。なかったことに基づいて話をふくらませるのはよそう。僕が帰国したとき、僕らは初めて互いをちゃんと意識したんだ。ただ別のことが邪魔していたけど」

「シンクレアね」その言葉に、彼の口元がゆがんだ。

「シンクレアなんてどうでもいい。僕は君を救えるなら、この手で店を燃やしてもいいと思ったよ！」

ケリーは脚の部分の上がけにちらりと目をやった。

「ロス、私……ひどいけがはしていないのよね？」

「幸い、打ち身と切り傷だけだ。座席の下敷きになったようだけど、詰め物に救われたんだ。君を救いだすために客室の半分を壊したそうだ」

「ほかに負傷者は？」

「運転士も含めて四人いるけど、死者はいない。もし彼らが線路に小石を置いた連中をつかまえたら、終身刑にしたいところだろうね！」

ケリーは眠りを破った甲高いブレーキの音を思いだし、身震いした。そのときロスの唇が唇を覆い、あらゆる感覚が戻ってきた。たくましいロスの腕に抱かれていたくて、ケリーは彼にしがみついた。

「うちに帰りたい」再び話せるようになると、ケリーは言った。「お願い、ロス、連れて帰って」

「明日までは無理だ。ひと晩、様子を見るそうだ」

「あなたはいるの？　置いていかないわよね？」

「ああ、いるよ。近くのホテルに部屋を取って、明日の朝いちばんに迎えに来る。そして家に帰ろう」

そのとき看護師が入ってきてベッドに近づき、ケリーの脈を取ってから、にっこりほほえんだ。

「脈がちょっと速いのは婚約者のせいね。あいにくですがミスター・シンクレア、そろそろお引き取りいただかないと。この調子なら、明日の朝、ドクター・ベイカーの診察後に退院できますよ」

「わかりました」ロスは看護師の目も気にせずケリーの唇にキスをした。「おやすみ、また来るよ」

「いい方ね」彼が去ったあとで看護師が言った。「私が家に連れていってもらいたいくらいだわ！」

ケリーは軽い口調で応じたが、心は再び落ちこんでいた。ロスは愛していると言った。それは信じられる。でも彼が昨夜家にいなかったのは事実だ。しかし今の幸せを疑念で台なしにすることはできない。事実でもそうでなくても、これからロスがほかの女性を必要としなくなるかどうかは自分しだいだ。

　翌日ふたりが帰宅すると、ミセス・ペインが気づかって、遅い昼食を用意してくれていた。

「結婚を遅らせることにならなくてよかったわ。でもすぐに出発なさるなんて、本当に大丈夫なの？」

「もちろん」ケリーは請けあった。「もう大丈夫よ。少し体がこわばるけど、そのうちよくなるわ。これから数日は歩くこともあまりないし」そこでロスがにっこり笑うのを見て、自分の言葉の意味に気づいた。胃がきつく締めつけられた。あと二十四時間足らずでロスの妻になる。ひとりで眠るのもあとひと晩だけ。ロスの腕の中に今まで何人の女性がいたのだろうと、気にかけなくなることを祈るばかりだ。

　幸い、荷造りは週末にほぼすませてあった。あとは新しく買ったものを入れるだけ。煙は革のスーツケースが防いでくれていた。明日着るために買った翡翠《ひすい》色のスーツは、結婚には不吉な色だと言われているけれど、迷信より人間が肝腎。私とロスはきっと幸せになる。私たちは愛し合っている。必要なのはそれだけだ。でも信頼は？　と頭の中で小さな声がした。信頼なしに本当の幸せはありえるの？

　四時になると、ロスがケリーを椅子に座らせ、カップにお茶を注いで持ってきた。

「大したけがではなかったかもしれないけど、疲れただろう。僕も消耗した。体は何ともないのに」

「感情はね」ケリーはその言葉を味わい、暖炉の前に立っている彼を見あげた。すらりとしたその姿を見ただけで、全身がほてる。「六週間。まだ信じられない。本当に六週間もふたりだけだなんて」

「昼も夜も」ロスは同意した。「君もリオが気に入るよ。僕は去年、カーニバルのときに行ったんだ」

誰と？　と思ってから、ケリーは下唇を噛《か》んだ。どうしてこの考えをやめられないのだろう？　ロスは無表情に彼女を見ている。心の内を見透かされないようにと祈りながら、ケリーは急いで言った。

「向こうではクリスマス自体がお祭りなんでしょうね。熱帯のクリスマスは初めてよ。七面鳥もプディングもないだなんて、妙な気分でしょうね」

「食べたければ食べられるよ。クルーズ船は独立した小さな世界だ。十中八九、ツリーはあるし、小さな子供だけでなく大きな子供向けに特別のクリスマス・パーティもあるはずだ」

ケリーはしかめ面をした。「それって私のこと？」

「僕らみんなだよ」ロスはほほえんでいた。「状況さえあれば、僕らは誰でも子供に戻れる。もう荷造りはほとんどすんだのかい？」

「ええ。あとは靴とサンダルを入れるだけよ」

「スーツケースはいくつ？」

「三つよ。手さげかばんも入れると四つだけど」

「だったら大型のトランクのほうがいいな。替えるなら遅くないよ。二十分もあれば出してこられる」

「そしてていねいに包んだ薄紙を台なしにするの？　いいえ、けっこうよ。あなたはどうなの？」

「終わった。たぶん今回が最後かな。これからはそういう細かいことは妻がやってくれる」

ケリーは笑った。「もう結婚したようなものね。同じ家に住んで、一緒に食事をして、毎日顔を合わせて……」

「同じベッドで寝ること以外はね。でも明日の晩にはそれもかなう。船室にダブルベッドがあることを確かめておいた」

「ロス、まさか！　どう思われたかしら？」

「僕が思ったとおりのことだろう。この男は夜は妻にそばにいてほしいんだなって」

ケリーは一瞬目をつぶり、切なさに浸った。「ロス、あなたは私と結婚したことを後悔しないわよね？」彼女は不安げな声できいた。「つまり、新婚でなくなっても……私に飽きたりしない？」
「またマーゴットのことを考えているのか」ロスがやや険しい声で言った。「何度言ったらその違いがわかるんだ？　僕は彼女を愛していなかったし、彼女も僕を愛していなかった。僕らはただ同じ基本的な欲求を満たしていただけだ。それ以外に僕らを結びつけるものはなかった。それだけだよ」

「わかってる。ごめんなさい」ケリーは言葉を探した。「ただあなたが彼女とベッドをともにしたと思うと、彼女を抱きしめたと思うと、たまらない。きっと彼女を愛しそうになったことはあったはずよ」

ロスはケリーに近づき、カップを受けとってトレーに置くと、ソファの彼女の横に座り、その顔を自分のほうに向けさせた。彼の顔は真剣だった。

「ケリー、僕がマーゴットに感じたものと君に感じるものはまったく違うということを、その頭にたたきこんでくれないか。確かに彼女は一緒にいて楽しかったけど、長続きすると思ったことは一度もなかった。でも君とは長続きすると思う。どうしてとか、なぜとかきかれても、答えられないけどね。ただ僕の言葉をこのまま受けとめてもらうしかないよ」

そして信頼するしかない。結局はそこに行きつく。ケリーは彼の唇に指をあててほほえんだ。「そうするわ、ロス。本当にそうする」

彼のキスは優しかった。ケリーは乱暴なキスさえ歓迎しそうになっていたのだが。「今夜は君をダンスに連れていくつもりだったけど、それは無理だから、代わりに早めに食事をしてたっぷり眠ろう。ミセス・ペインが夕食を用意してくれるそうだ」

「ろうそくでムードを出すこともできるわね」ケリーは軽い口調で言い、かすかな笑みを浮かべた。

「ムードが出すぎるよ。お茶をいれなおそうか？」

「ええ、でも私がする」ケリーはきっぱり言った。「私は歩けるし、体のこわばりも和らいできたから。でもあと一週間は脚を出せないわね。すぐにあざだらけになるでしょうから」

ロスは長くて細い彼女の脚を見おろし、片手でむこうずねの擦り傷をそっとなでた。「これだけですんでよかった。今は痛んでも、あざはいずれは消えるから」彼は急に動いた。「僕もお茶をもらおう」

ミセス・ペインは六時ごろに帰った。帰る前に、小さな包みをケリーの手に押しつけて、照れたように言った。「秘密の婚約だったから、あまり贈り物をもらえないでしょう。だからちょっとしたプレゼントよ。ビリーとシーラも協力してくれたの」

ちょっとした贈り物は、とても美しい小さなクリスタルの花瓶だった。ケリーは歓声をあげた。「まあ、ミセス・ペイン、きれいだわ！　ありがとう」

「あまり大きくないけど。でも客間の壁の奥まったところにぴったりだと思って。それにほかの花瓶とも合うでしょう？」

「ウォーターフォードの花瓶？　もちろんよ。実を言うと、あのうちのいくつかはロスの両親が結婚したときにもらったものなの。そのコレクションにこれも加えられるわ」ケリーは衝動的に身を乗りだし、しわの刻まれた頬にキスをした。「本当にありがとう。今、ロスを連れてくるわ。あなたが帰る前に」

「今でなくてもいいわ」家政婦は満面の笑みで答えた。「船の旅を楽しんで、こんがり日焼けして帰っていらっしゃい。そのころにはミセス・シンクレアよ。じゃ、六週間後にまた会いましょう」

六週間後、とケリーはひとりになって考えた。そのころも自分は同じだろうか？　変わっているだろうか？　ロスは個性が強いので、必然的にケリーの性格をある程度弱めることになるかもしれない。

独身最後の晩ということで、ディナーに何を着ようかと迷った末、ケリーは赤いベロア地のミニドレスを選んだ。前に小さなボタンが並び、継ぎ目なく体に添ったプリンセススタイルのウエストラインは細いウエストを一層細く見せてくれる。再び階下に下りたケリーは、キッチンに入り、ぐつぐつ音をたてているキャセロールを確かめてから、食堂にろうそくをともすためにマッチを探しだした。

食堂に行こうと玄関広間を横ぎったとき、電話が鳴った。晩の計画が台なしにならなければいいがと思いながら、ケリーはしぶしぶ電話に出た。

「ボブ・ブラウンです」何となく聞き覚えのある声だ。「店の警備員ですよ。ミスター・シンクレアは今夜も来られるんですかね？　いつもは事前に知らせてくれるんですよ。警報機を必要以上に長く止めなくてすむように。ゆうべも会長に言ったんだが、あの泥棒騒ぎのあとでは気をつけないと」

「ゆうべ？」ケリーは完全に面食らっていた。「ミスター・シンクレアはゆうべお店にいたの？」

「いましたよ。いつもどおり八時ごろに来て十一時ごろ帰りました。働き者ですね、あの人は。私が十時の見まわりをするとき、一緒にコーヒーを飲んで、少しばかりおしゃべりするんですよ」

「いつからそんなことを？」思わず鋭い声が出た。

「二、三週間前ですかね」ボブは困惑した声で言った。「あの人がいてくれると、話し相手ができていいですよ。夜はちょっと寂しいんでね」

「ええ、わかるわ」恥ずかしさから喉が詰まり、声がかすれた。「彼は今夜は行かないわ、ミスター・ブラウン。私たちは……彼はしばらく旅に出るの」

「そうですか。じゃ、私もゆっくりするかな」彼は間を置いてから言った。「そういえば、あなたは大丈夫ですか？　大したけがではなかったと聞いたけれど、ああいうことは気がめいりますからね」

本当だわ、とケリーは思った。「ええ、大丈夫よ。

お電話ありがとう。あなたから電話があったこと、ミスター・シンクレアに伝えておくわ」

「誰から電話だって？」ロスが階段の下から言った。

「誰にせよ、僕がかけなおすのを期待しているとしたら、六週間は待つことになる」

ケリーは意志の力で声を平静に保った。その場ですべてを話してしまいたかったが、一部は控えたほうがよさそうだと判断したのだ。「お店の警備員よ。あなたが今夜も来るかどうかきいてきたの」

「しまった、忘れていた」ロスは笑みを浮かべて彼女を見た。「ほかのことを考えていたからかな」

「彼の話では、あなたは数週間前から夜、頻繁に店に行っていたそうね」さりげなく聞こえればいいが。「あなたが店の組織改革に熱中しているのは知っていたけど、それは家でもできたんじゃない？」

「気が散りすぎる」ロスは肩をすくめた。「君がいるときに僕も家にいると、また衝突が起こるだろう。だから消極的な抵抗に出たんだ」灰色の目がきらめいた。「それで正解だっただろう？　僕が追いまわすのをやめたとき、君がもどかしがっているのが手に取るようにわかったよ」

「あなたは追いまわさなかった。私に逃げる暇も与えずにつかまえたでしょう！」

「それも僕なりの対策さ、当時のね。君にどう対処するのがいちばんいいか探っていたんだ」

「何のために？」

「最善の結果を得るためさ」ロスは笑いながらケリーに腕をまわし、客間へと促した。「向こうで何か飲もう。ところでそのドレス、いいね。君の髪に赤がそんなに映えるとは思わなかった」

いつもそうだが、その日のミセス・ペインの料理もおいしかった。しかしケリーはほとんど味わえず、良心が痛んでたまらなかった。ロスは彼女の緊張に気づいたとしても、何も言わなかった。たぶん事故の影響と結婚前の緊張が重なったのだと思っているかもしれない。彼は私的なことには触れず、軽い話題に限って話しつづけた。

ケリーが覚悟を決めたのは、コーヒーとブランデーを持って客間に移ったときだった。打ち明けなければ忘れられはしない。幸い照明は暗く、静かな音楽が怒りを静めてくれるだろう。でも怒りは予想していない。彼は怒るより、たぶんあきれるだろう。

ケリーは気が変わらないうちに一気にまくしたてた。「実は私、この数週間あなたはずっとシャロン・ウェストと会っていたと思っていたの。あなたが否定したあとも、半分そう思っていた」

ロスはソファに寄りかかり、首の後ろで腕を交差させていた。火明かりの中で顔はあまりはっきり見えない。「知ってるよ。ボブの電話のあとでいつ君がそれを言いだすかと思っていた」

ケリーは長い間無言で彼を見つめ、彼の心の内を推測しようとした。「いやではなかったの？」

「いやだった」淡々とした口調だ。「でも君が自分で事実を知るまで待つしかなかった」

「もし知ることができなかったら？」

「たぶん君は同じことを思いつづけただろうね。僕はそれは事実ではないと言った。二度と言うつもりはなかった」ロスが彼女に顔を向け、火明かりを背にしてますます表情が見えにくくなった。「嘘《うそ》をつくことと言わないこととは大違いだ。僕がマーゴットのことを言わなかったのは、あれが過去のことで、しかも君には受けとめられないと思ったからだ」

ケリーはため息をついた。「まだ話すことがあるの。私は火曜の晩ホテルからあなたに電話したの」

「ショーに行ったんじゃなかったのか？」

「買い物から戻るのが遅すぎたのよ」

「知っていたら家にいたのに」かすかな笑みが浮かんだ。「君がいると気が散るし、いないと落ち着かないんだ」

「ごめんなさい」

「何について？　僕を信じなかったことかい？」

「これからは信じるわ」

ロスは首を振った。「時間はかかるよ。僕は君を責められない。あまりいいイメージを与えてこなかったから。僕は君をあの演出家と結婚させないためならどんな手段もいとわなかった。実際、あの晩は、シンクレアが最大の理由ではなかったんだ」

「でもそう見えたわ」

「もちろんさ。そう見せたんだよ。あんなふうにでも言わなければ君を止められないと思ったんだ」

「何もわかっていなかったのね」ケリーは喉が詰まった。「ああ、ロス、あなたを愛している！」

ロスが手を伸ばし、ケリーの頭を腕で支えて、ゆっくりとキスをした。ケリーは彼の欲望が高まっていくのを感じながら、思う存分それに応えた。ロスがドレスの前をウエストまで開き、片手の繊細な動きで胸をなぞり、その手を下に移動した。やがて彼が下のボタンをはずしはじめたときも、ケリーは止めなかった。もう待ちたくはなかった。今起こっていること以上に大切なものなどなかった。

いかにも苦しげな顔でやめたのはロスだった。

「だめだ。ここまで来たら最後まで行ってしまう」

彼はドレスの前を引き合わせ、ケリーを真っすぐ座らせると、こわばった口元に素早くキスをした。

「君は寝るのがいちばんだ。誘惑から逃れるためにね。明日の晩、僕らにはたっぷり時間がある」

ケリーは立ちあがり、ボタンをかけた。何と言えばいいのかわからなかった。ロスは彼女の気持ちを思ってやめたのだが、ケリーはやめてほしくなかった。本当に？　つい数分前まで、迷いはまったくなかった。ロスが欲しかった。でも今は……。

「元気を出して」ロスがわざと軽い口調で言った。

「さっきのことは起こらなかったんだ。起こるのは君が指輪をはめてからだ。もう寝るんだ。花嫁はたっぷり眠らないと。ここは僕が片づけておくよ」

ケリーは彼を失望させてしまったような、あやふやな気分で二階に上がった。でもするべきことはすべてした。あの言葉は言わなかったけれど。

一時間後、ベッドの上で、ケリーははたと気づいた。あの言葉を聞きさえすれば、ロスも私が後悔しないと確信したかもしれない。私は彼を愛していると言った。それは私にとって大事なことだった。でも〝あなたが欲しい〟と言ったことは一度もなかった。ロスにとってそれはさらに大事なことなのだ。

ロスは二十五分ほど前に寝室に入った。足音でわかった。ケリーはベッドの上で彼のことを考え、いつかの晩、浴室から出ると、彼がベッドの上で待っていたときのことを思いだした。あのときの彼の手と唇の感触、痛いほどの渇望。今その感覚が戻ってきた。自分の欲望として。急にケリーはうれしくなった。何をしなければならないかわかったからだ。

新しいネグリジェは荷物に入れてしまった。それを出すのは面倒なので、いつか着ていた綿のローブをはおった。踊り場は暗かったが、明かりはつけずに手探りで進み、ロスの部屋のドアを静かに開いた。

ロスはベッドにいたが、眠ってはいなかった。彼は片肘をついて身を起こした。背後の窓から差しこむ月の光が彼の髪を銀色に染めていた。

「階下《した》で言いわすれたことがあるの」ケリーは言い、ローブをするりと落とした。ロスの表情がしだいに変わるのを見てうれしくなった。声がかすれていた。

「あなたが欲しい、ロス。明日ではなく、今夜」

口元に笑みをたたえ、ロスは上がけを持ちあげた。

「明日の晩もまた、そうであってほしいな」

ハーレクイン®

兄と妹の距離
2014年5月5日発行

著　　者	ケイ・ソープ
訳　　者	上村悦子（かみむら　えつこ）
発 行 人	立山昭彦
発 行 所	株式会社ハーレクイン 東京都千代田区外神田 3-16-8 電話 03-5295-8091（営業） 0570-008091（読者サービス係）
印刷・製本	大日本印刷株式会社 東京都新宿区市谷加賀町 1-1-1

造本には十分注意しておりますが、乱丁（ページ順序の間違い）・落丁（本文の一部抜け落ち）がありました場合は、お取り替えいたします。ご面倒ですが、購入された書店名を明記の上、小社読者サービス係宛ご送付ください。送料小社負担にてお取り替えいたします。ただし、古書店で購入されたものについてはお取り替えできません。
®とTMがついているものはハーレクイン社の登録商標です。

この書籍の本文は環境対応型の植物油インクを使用して印刷しています。

ISBN978-4-596-12961-1 C0297

5月5日の新刊　好評発売中！

愛の激しさを知る　ハーレクイン・ロマンス

放蕩王子と汚れなき秘書	ケイトリン・クルーズ／遠藤靖子 訳	R-2959
億万長者の大誤算（4姉妹の華燭の典Ⅳ）	リン・グレアム／相原ひろみ 訳	R-2960
兄と妹の距離	ケイ・ソープ／上村悦子 訳	R-2961
彼がダイヤを贈るとき（カッファレッリ家の祝祭Ⅰ）	メラニー・ミルバーン／中村美穂 訳	R-2962

ピュアな思いに満たされる　ハーレクイン・イマージュ

シンデレラは涙を見せない（ダーリング姉妹の恋日記Ⅰ）	レイ・モーガン／秋庭葉瑠 訳	I-2321
薬指にこめた祈り	ベティ・ニールズ／深山　咲 訳	I-2322

この情熱は止められない！　ハーレクイン・ディザイア

伯爵の恋愛交渉術（禁じられた恋のゆくえⅡ）	ミシェル・セルマー／八坂よしみ 訳	D-1609
氷の城に囚われて（ドラモンド家の幸運の杯Ⅲ）	ジェニファー・ルイス／佐倉加奈 訳	D-1610

もっと読みたい"ハーレクイン"　ハーレクイン・セレクト

憂いのシーク	ミランダ・リー／松本果蓮 訳	K-230
憎しみは愛の横顔	ルーシー・モンロー／中村美穂 訳	K-231
離れられない理由	テッサ・ラドリー／庭植奈穂子 訳	K-232
純白のジェニー	イヴォンヌ・ウィタル／織りえかずこ 訳	K-233

華やかなりし時代へ誘う　ハーレクイン・ヒストリカル・スペシャル

伯爵の花嫁候補	アニー・バロウズ／富永佐知子 訳	PHS-86
美しき標的	アン・ヘリス／鈴木たえ子 訳	PHS-87

ハーレクイン文庫　文庫コーナーでお求めください　5月1日発売

とぎれた言葉	ダイアナ・パーマー／藤木薫子 訳	HQB-584
情熱の系譜	アン・メイザー／すなみ　翔 訳	HQB-585
買われた結婚	エマ・ダーシー／吉田洋子 訳	HQB-586
時は流れて…	キャサリン・ジョージ／松村和紀子 訳	HQB-587
スタブロス家の人々	アン・ハンプソン／加藤しをり 訳	HQB-588
君を取り戻すまで	ジャクリーン・バード／三好陽子 訳	HQB-589

ハーレクイン社公式ウェブサイト

新刊情報やキャンペーン情報は、HQ 社公式ウェブサイトでもご覧いただけます。

PCから → http://www.harlequin.co.jp/　スマートフォンにも対応！　ハーレクイン　検索

シリーズロマンス（新書判）、ハーレクイン文庫、MIRA文庫などの小説、コミックの情報が一度に閲覧できます。

5月20日の新刊 発売日5月16日

※地域および流通の都合により変更になる場合があります。

愛の激しさを知る　ハーレクイン・ロマンス

恋する個人秘書（華麗なるシチリアⅠ）	キャロル・マリネッリ／井上絵里 訳	R-2963
薔薇の香りの守護天使	マギー・コックス／槙　由子 訳	R-2964
欲望と蔑みのはざまに	キム・ローレンス／山口西夏 訳	R-2965
無慈悲な独身貴族（思いがけない恋に落ちてⅢ）	サンドラ・マートン／すなみ　翔 訳	R-2966
砂漠の姫君	サラ・モーガン／麦田あかり 訳	R-2967

ピュアな思いに満たされる　ハーレクイン・イマージュ

ボスと赤い髪の乙女	シャーロット・ラム／小池　桂 訳	I-2323
砂の精の伝説	メレディス・ウェバー／森　香夏子 訳	I-2324

この情熱は止められない！　ハーレクイン・ディザイア

異国の王女とは知らずに	リアン・バンクス／高山　恵 訳	D-1611
シークとの許されぬ結婚	クリスティ・ゴールド／大谷真理子 訳	D-1612

もっと読みたい“ハーレクイン”　ハーレクイン・セレクト

甘い屈辱	ヘレン・ビアンチン／鈴木けい 訳	K-234
愛は繰り返す	アン・メイザー／鏑木ゆみ 訳	K-235
一夜の後悔	キャシー・ウィリアムズ／飯田冊子 訳	K-236

永遠のハッピーエンド・ロマンス　コミック

- ハーレクインコミックス（描きおろし） 毎月1日発売
- ハーレクインコミックス・キララ 毎月11日発売
- ハーレクインオリジナル 毎月11日発売
- ハーレクイン 毎月6日・21日発売
- ハーレクインdarling 毎月24日発売

フェイスブックのご案内

ハーレクイン社の公式Facebook　www.fb.com/harlequin.jp

他では聞けない“今”の情報をお届けします。
おすすめの新刊やキャンペーン情報がいっぱいです。

作家競作8部作〈華麗なるシチリア〉スタート

人生を変えようとイタリアを訪れたエラ。シチリアの悪名高い一族の御曹司サント・コレッティの秘書として働き始めるが、ある事件を境に一線を越えてしまう。

キャロル・マリネッリ作　第1話

『恋する個人秘書』

●ロマンス
R-2963
5月20日発売

サラ・モーガンが描くシークとの愛なき結婚

王女ライラは政略結婚の相手である冷酷な老人から逃げ、次期国王にふさわしいと噂されるシーク、ラズに助けを求めた。国のため、二人は夫婦になることに。

『砂漠の姫君』

●ロマンス
R-2967
5月20日発売

初版1985年、シャーロット・ラムのクラシックな魅力満載の一作

アナベルは、パーティで社長サムとダンスをしながら、ミスばかりの同僚の印象をよくしようと必死だった。しかし彼は同僚の話が出るたびに不機嫌になり…。

『ボスと赤い髪の乙女』

●イマージュ
I-2323
5月20日発売

リアン・バンクス『家なき王女が見つけた恋』(D-1597)他関連作!

真面目な王女ティナは、仮面舞踏会で出会い強く惹かれたザックと、身分を隠したまま一夜を共にする。3か月後、彼女の身分と妊娠を知った彼が現れ…。

『異国の王女とは知らずに』

●ディザイア
D-1611
5月20日発売

クリスティ・ゴールドのシークとの再会

ある夜マリサの元へ、かつて愛し合ったシーク、ラフィークが訪ねてくる。家族を失い傷心の彼に、数週間ここで休暇を取らせてほしいと言われ、ためらうが…。

『シークとの許されぬ結婚』

●ディザイア
D-1612
5月20日発売

暴走する男、崖っぷちの女～ 3か月連続刊行、第2弾“偏愛”

この悪夢のようなプロポーズは、
私が受け入れるしかない罰なのでしょうか?

ペニー・ジョーダン作

『脅迫』(初版:R-532)

●プレゼンツ 作家シリーズ別冊
PB-142
5月20日発売